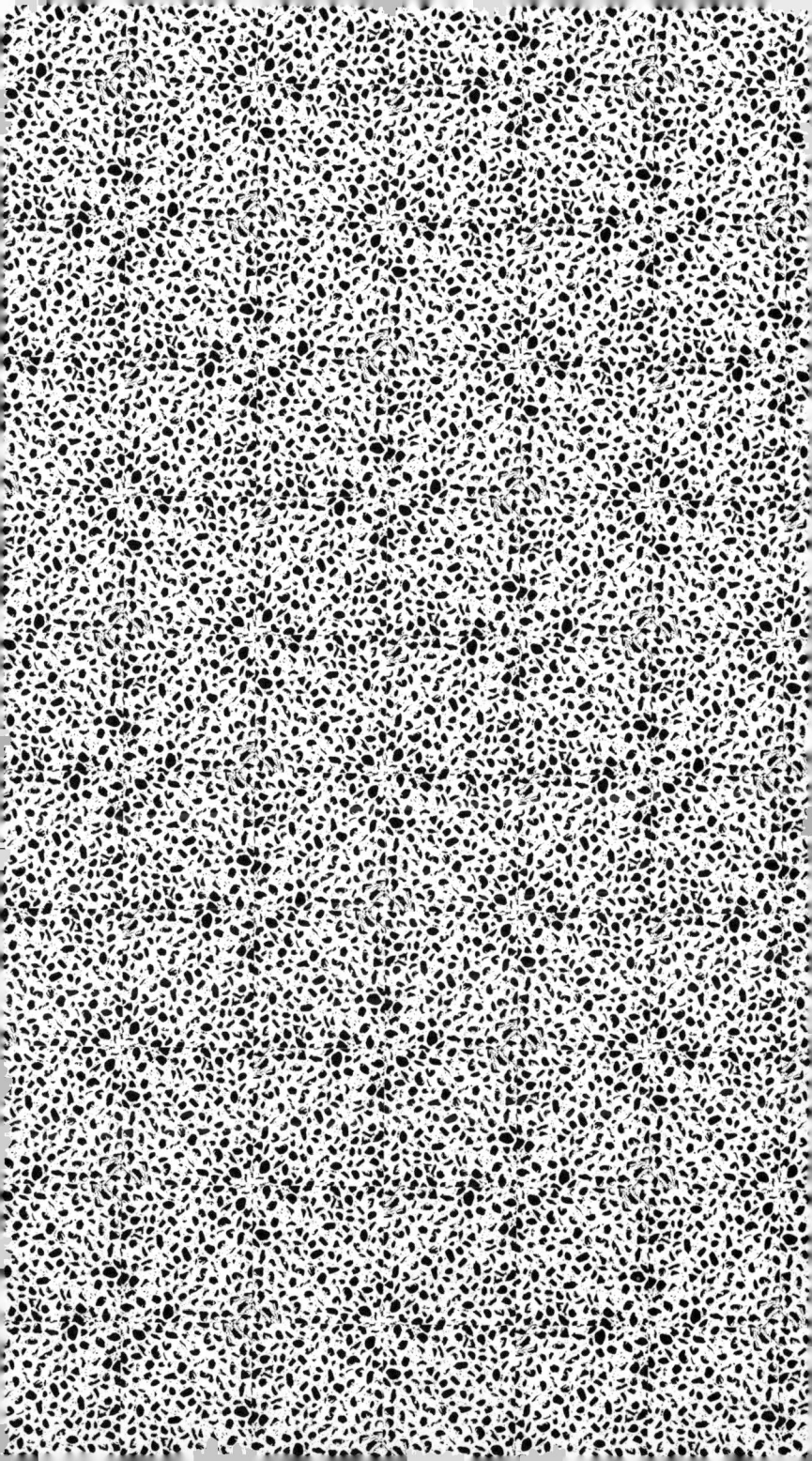

잠시 후 하디가 조지에게 물었다.

"무슨 일을 하는데요?"

그러자 조지가 말했다.

"생명을 구해요."

JESUS' SON: STORIES BY DENIS JOHNSON

Copyright © 1992 by Denis Johnson
All rights reserved.

This Korean edition was published by GIYI PRESS in 2025 by arrangement with DENIS JOHNSON INC c/o Aragi Inc. c/o The Marsh Agency Ltd. through KCC(Korea Copyright Center Inc.), Seoul.

이 책은 (주)한국저작권센터(KCC)를 통한 저작권자와의 독점계약으로 기이프레스에서 출간되었습니다. 저작권법에 의해 한국 내에서 보호를 받는 저작물이므로 무단전재와 복제를 금합니다.

예수의 아들

†

데니스 존슨 지음

†

박아람 옮김

7IOI PRSS

글
데니스 존슨 Denis Johnson
1949-2017

미국의 소설가이자 시인, 극작가. 독일 뮌헨에서 태어난 뒤 국무부에서 일하는 아버지를 따라 필리핀과 일본을 거쳐 미국에 정착했다. 스무 살에 시집을 출간한 뒤 아이오와대학에서 영문학 학사 및 석사 학위를 받았고, 이때 레이먼드 카버의 지도를 받기도 했다. 한때 마약 등을 접하며 방황하는 삶을 살았는데, 이때의 경험들을 바탕 삼아 삶의 어두운 면과 인간 내면의 고통, 구원의 가능성을 탐구하는 작품들을 썼다. 특히 『예수의 아들』을 비롯한 존슨의 최고작들은 절제되어 있으면서도 강렬한 문장으로 현실과 환상을 넘나드는 듯한 분위기를 선보이며, 그 성과는 도스토옙스키, 헤밍웨이, 플래너리 오코너, 레이먼드 카버 등 위대한 거장들이 이룬 업적에 비견되었다. 2017년 간암으로 사망했다.

옮긴이
박아람

전문 번역가. 영국 웨스트민스터 대학에서 문학 번역에 관한 논문으로 영어영문학 석사 학위를 받았다. 주로 문학을 번역하며 KBS 더빙 번역 작가로도 활동했다. 『버터밀크 그래피티』, 『외로움의 책』, 『마션』, 『어느 영국 여인의 일기』 시리즈, 『프랑켄슈타인』(휴머니스트 세계문학), 『내 아내에 대하여』, 『해리 포터와 저주 받은 아이』, 『이카보그』를 비롯해 80권이 넘는 영미 도서를 우리말로 옮겼다. 2018년 GKL 문학번역상 최우수상을 공동 수상했다.

그

        황홀한

  기운이

      밀려들면

내가

    예수의 아들이

       된 기분이야

— 루 리드, 「헤로인」 중에서

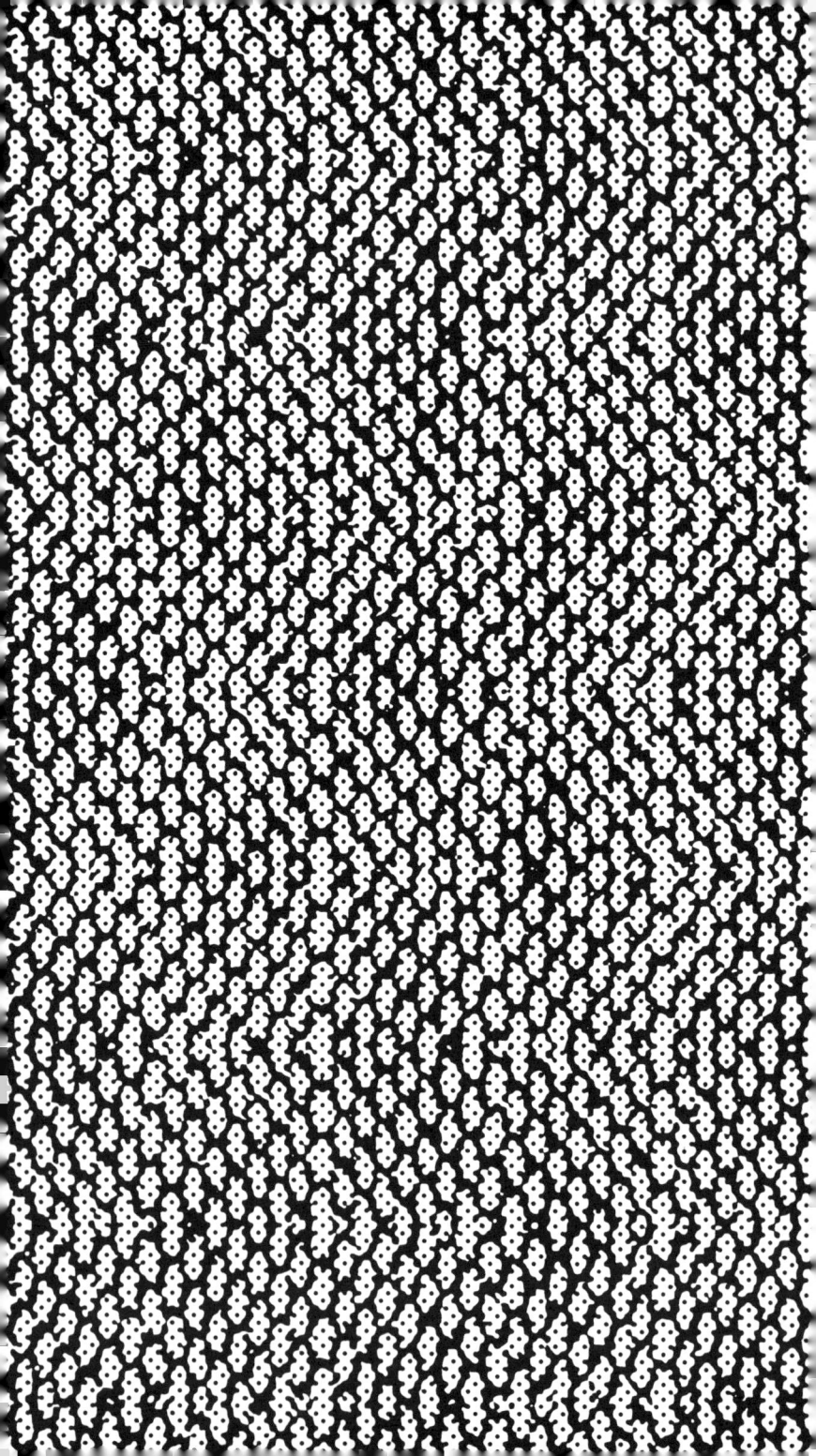

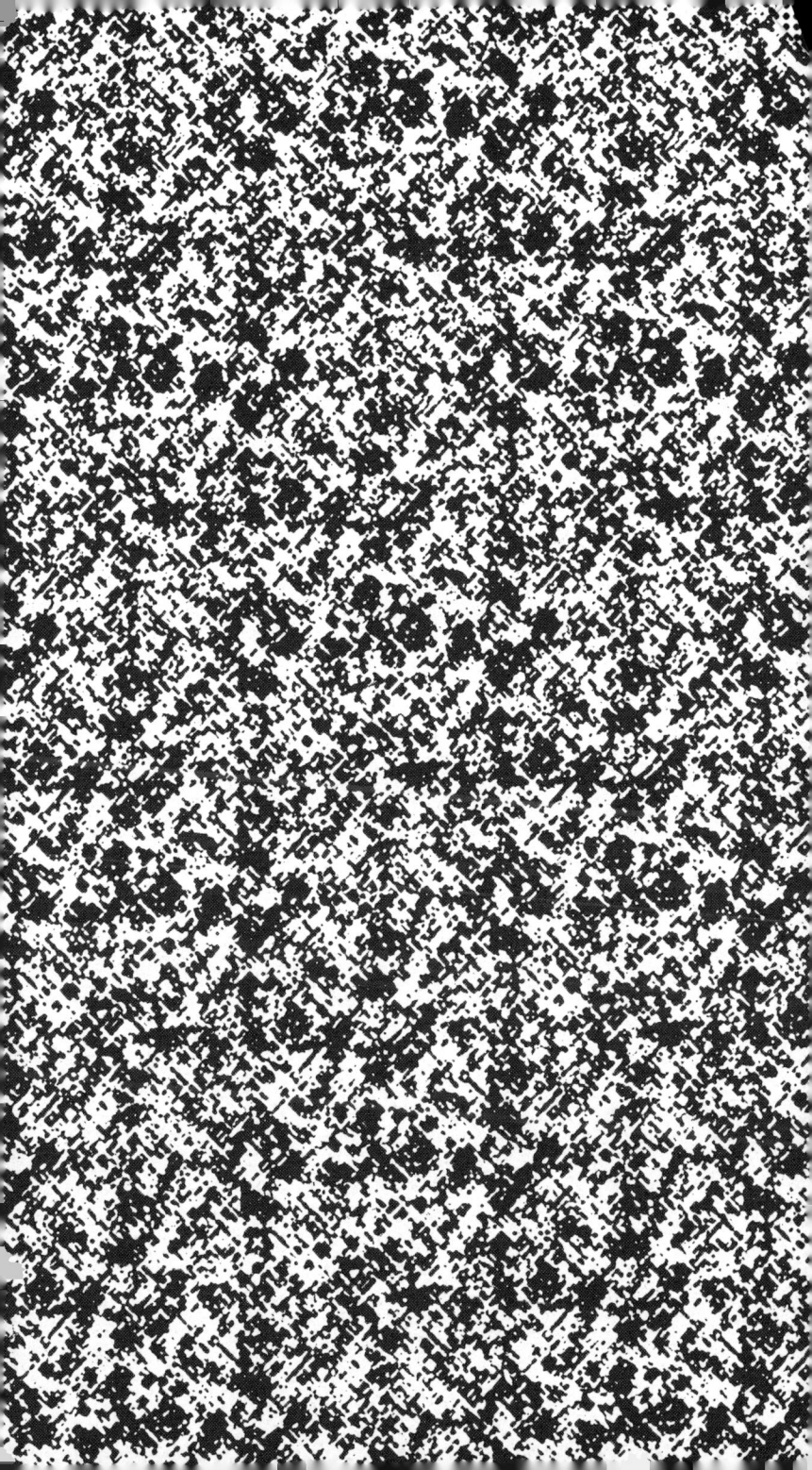

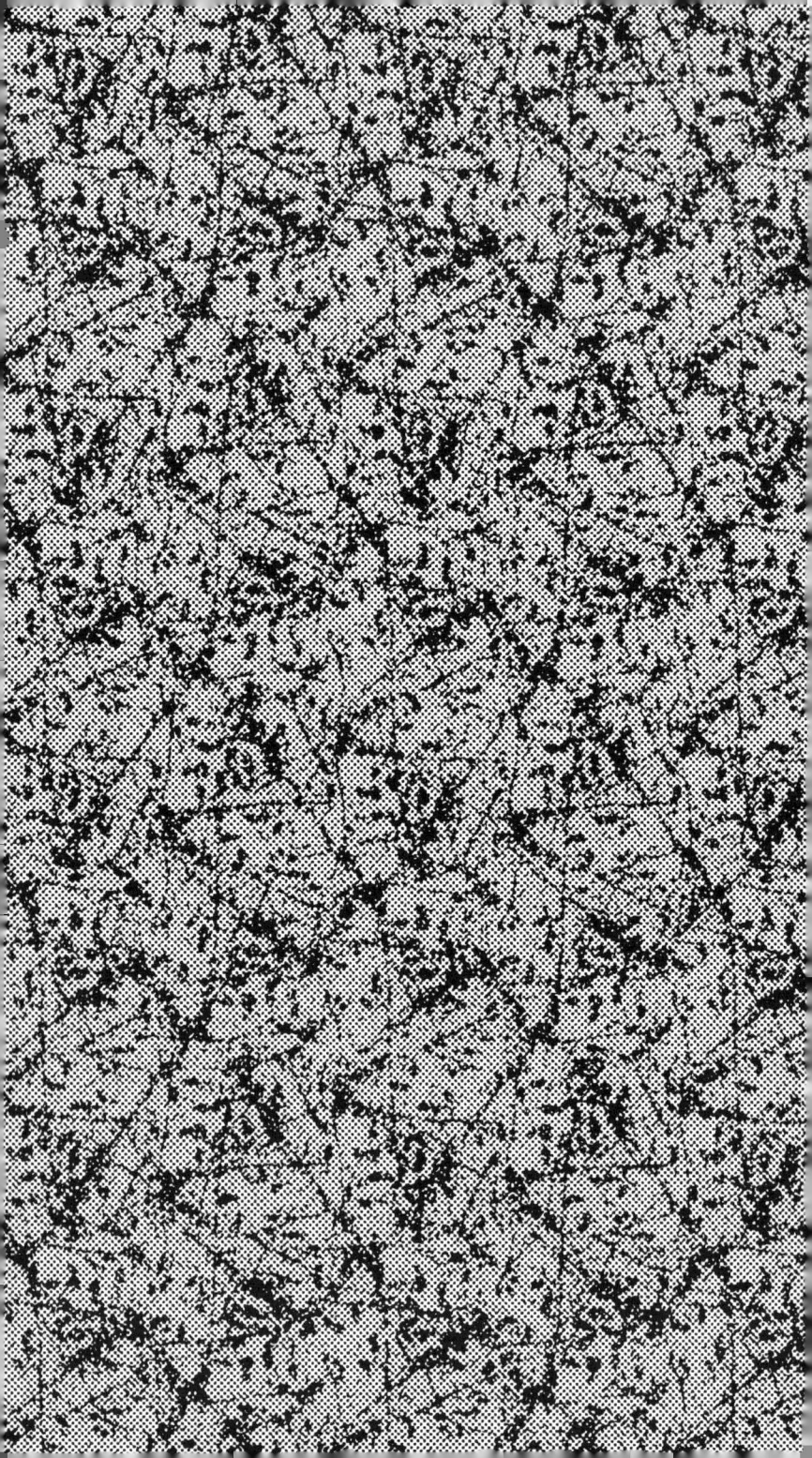

일러두기

† 각 단편의 제목은 글의 마지막에 위치한다.
† 본문의 주는 모두 역자 및 편집자가 작성했다.

술을 나눠 주고 졸면서 운전한 세일즈맨…….
버번위스키가 머리끝까지 차오른 체로키족…….
대학생이 몰던, 대마초 연기가 자욱했던 폴크스바겐…….

그리고 미주리주 베서니를 빠져나와 서쪽으로 달리던 남자와 정면충돌해 그를 영원히 죽여 버린 마셜타운 출신의 가족…….

……나는 퍼붓는 빗속에서 자다가 흠뻑 젖은 채로 일어났다. 앞에서 말한 세 사람, 세일즈맨과 체로키족, 대학생이 모두 내게 약을 준 탓에 정신이 혼미했다. 고속도로 진입로 입구에서 기다리면서도 차를 얻어 탈 수 있을 거라고는 기대하지 않았다. 어차피 아무도 태워 주지 않을 만큼 젖었는데 침낭을 걷어 정리하는 게 무슨 의미가 있을까? 나는 침낭을 망토처럼 몸에 둘렀다. 내리꽂는 빗줄기는 아스팔트를 할퀸 다음 도로에 팬 바큇자국으로 요란하게 흘러들었고, 머릿속은 처량하리만치 빠르게 돌아가고 있었다. 세일즈맨이 내게 먹인 약은 혈관 안쪽을 할퀴는 듯했다. 턱이 아팠다. 나는 모든 빗방울들의 이름을 알았다. 나는 모든 일을 일어나기 전에 예감했다. 나는 올즈모빌 한 대가 속도를 늦추기도 전에 그게 내 앞에 서리라는 것을 알았고, 그 안에 탄 가족들의 달콤한 목소리를 들으면서는 우리가 이 폭풍우 속에서 사고를 겪으리라는 것을 알았다.

상관없었다. 그 가족은 나를 목적지까지 태워다 주겠다고 했다.

남자와 아내는 어린 딸을 앞자리로 데려가 자기들과 함께 앉히고 아기는 나와 물이 뚝뚝 떨어지는 침낭과 함께 뒷자리에 그대로 앉혀 놓았다. 남자가 말했다. "빨리 달리지는 않을 겁니다. 아내와 아이들이 타고 있으니까요."

당신들이 그 주인공이군, 나는 생각했다. 그러곤 침낭을 뭉쳐 왼쪽 문에 기대 놓고 거기에 누워 잠을 잤다. 내가 살든 죽든 상관하지 않은 채. 아기는 내 옆에 고정된 유아용 시트에서 아무것도 모르고 잠들어 있었다. 9개월쯤 된 사내아이였다.

……그러나 이런 일이 있기 전 그날 오후에 나는 세일즈맨과 함께 그의 고급 승용차를 타고 캔자스시티를 향해 질주했다. 그는 텍사스에서 나를 태웠고 그때부터 우리는 위험하고 냉소적인 동지애를 키웠다. 우리는 그의 암페타민 약병을 다 비웠고 이따금 주간 고속도로를 빠져나와 캐나디안 클럽 위스키와 얼음 한 봉지를 샀다. 그의 차에는 양쪽 문에 원통형 컵 홀더가 설치돼 있었고 실내는 흰색 가죽으로 꾸며져 있었다. 그는 나를 가족이 있는 집으로 데려가 하룻밤 재워 주겠다고 했지만 그 전에 아는 여자 한 명을 잠깐 만나고 싶다고 했다.

중서부의 하늘에는 거대한 뇌 같은 잿빛 구름이 덮여 있었다. 허공을 나는 기분으로 주간 고속도로를 빠져나와 도로가 꽉 막힌 캔자스시티로 들어서니 좌초된 기분이 들었다. 속도가 느려지자 함께 달릴 때 솟구쳤던 마법 같은 기운이 순식간에 사그라졌다. 그는 자기 여자 친구 얘기를 끊임없이 늘어놓았다. "난 이 여자가 좋아요. 사랑하는 것 같달까. 하지만 내겐 두 아이와 아내가 있거든요. 의무를 지켜야죠. 무엇보다도 아내를 사랑하거든요. 사랑하기를 타고난 것 같아요. 아이들도 사랑하고요. 가족을 모두 사랑하죠." 그가 계속 지껄이는 사이 나는 버림받은 기분이 들었고 슬펐다. "나한텐 5미터짜리 작은 배가 한 척 있어요. 자동차도 두 대 있고. 뒷마당에 수영장을 만들 부지도 있고요!" 그는 여자 친구가 일하는 곳으로 갔다. 여자는 가구점을 운영했고, 나는 거기서 그와 헤어졌다.

구름은 줄곧 그대로 머물러 있었다. 그러다 밤이 온 뒤로는 어둠 때문에 몰려오는 폭우가 보이지 않았다. 폴크스바겐을 몰던 대학생, 내 머릿속에 대마를 잔뜩 지핀 그는 캔자스시티 경계를 지나서 내려 주었다. 곧바로 비가 오기 시작했다. 빠르게 달린 탓도 있었지만, 그보다도 너무 취해서 서 있을 수가 없었다. 고속도로 출구 옆 잔디밭에 누웠다가 깨어 보니 주위에 물이

흥건하게 고여 있었다.

그런 뒤, 앞에서 말했듯이 물을 튀기며 빗속을 달리는 마셜타운 출신 가족의 올즈모빌 뒷자리에서 잠이 든 것이다. 그러나 꿈속에서 나는 눈꺼풀 너머의 세상을 보고 있었고 내 맥박으로 초를 셌다. 그 시절 미주리 서부의 주간 고속도로는 대부분의 구간이 일반 2차선과 다르지 않았다. 맞은편에서 달려오던 세미트레일러 트럭이 우리 옆을 지나가자 자동 세차장 안으로 끌려 들어가듯 물보라가 쏟아지며 시야를 가렸고 요란한 소리가 주위를 에워쌌다. 와이퍼가 벌떡 일어났다 누우며 앞 유리를 닦았지만 딱히 소용이 없었다. 나는 몹시 피곤했고 한 시간쯤 뒤에는 더 깊이 잠들었다.

나는 처음부터 무슨 일이 일어날지 정확히 알고 있었다. 그러나 얼마 후 남자와 아내가 그 일을 격하게 부정하는 소리에 잠이 깼다.

"아, 안 돼!"

"안 돼!"

내 몸이 앞자리에 세게 부딪혀 등받이가 부서졌다. 나는 이리저리 튕기기 시작했다. 차 안을 날아다니다가 내 머리 위로 비처럼 쏟아지는 액체가 사람의 피라는 것을 곧바로 알아차렸다. 상황이 진정되었을 때 나는 이전과 똑같이 뒷자리에 앉아 있었다. 고개를 들어 주위를 둘러보았다. 우리 차의 전조등은 꺼져 있었다. 냉각 장치가 끊임없이 스읍 스읍, 하는 소리를 냈다. 그것 말고는 아무 소리도 들리지 않았다. 의식이 있는 사람은 나밖에 없는 것 같았다. 눈이 어둠에 적응되자 아기가 아무 일도 없었던 듯 내 옆에 누워 있는 모습이 보였다. 눈을 뜬 채 조그만 두 손으로 자기 뺨을 만지고 있었다.

잠시 후 핸들 위에 엎어져 있던 운전자가 일어나 앉더니 우리를 살폈다. 얼굴은 으스러졌고 피로 시커멓게 뒤덮여 있었다. 보기만 해도 내 이가 아팠지만 말하는 소리를 들으니 이가 부러진 것 같지는 않았다.

"어떻게 된 거예요?"

"사고가 났어요." 그가 말했다.

"아기는 괜찮아요." 내가 말했다. 아기가 어떤 상태인지 전혀 모르면서.

남자는 아내를 돌아보았다.

"재니스. 재니스, 재니스!"

"괜찮은가요?"

"죽었어요!" 남자는 아내를 격하게 흔들었다.

"아뇨. 안 죽었어요." 이제는 내가 모든 것을 부정하려 들었다.

그들의 어린 딸은 살아 있었지만 까무러쳤다. 잠 속에 갇혀 낑낑거리고 있었다. 그러나 남자는 계속 아내만 흔들며 소리쳤다.

"재니스!"

그의 아내가 신음했다.

"안 죽었어요." 나는 이렇게 말하며 차에서 내려 도망치기 시작했다.

"안 깨잖아요." 그가 말하는 소리가 들렸다.

나는 어째서인지 아기를 품에 안고 어둠 속에 서 있었다. 여전히 비가 오고 있었을 것이다. 하지만 날씨가 어땠는지 전혀 기억나지 않는다. 밖으로 나가 보니 우리가 2차선 다리 위를 달리다가 다른 차와 충돌했음을 알 수 있었다. 어두워서 다리 밑으로 흐르는 물은 보이지 않았다.

상대편 차가 가까워지자 쇳소리처럼 거슬리는, 코 고는 소리가 들리기 시작했다. 조수석 문이 열려 있고 사람의 몸이 공중그네에 발목으로 매달린 듯한 모습으로 반쯤 튀어나와 있었다. 옆을 들이받힌 차체는 납작하게 찌그러져서 운전자나 다른 승객은 말할 것도 없고 이 사람의 다리조차 남아 있을 자리가 없어 보였다. 나는 그 차를 지나 계속 걸어갔다.

멀리서 한 쌍의 전조등 불빛이 다가오고 있었다. 나는 그 차를 멈춰 세우려 한 팔을 흔들며 다른 팔로는 아기를 어깨 위로 추어올리고 다리 끝으로 나아갔다.

커다란 세미트레일러 트럭이 요란하게 기어를 바꾸며 속도를 줄였다. 운전자가 창문을 내리자 나는 그에게 소리쳤다. "사고가 났어요. 신고 좀 해주세요."

"여기서는 차를 돌릴 수가 없는데요."

운전자가 말했다.

그는 나와 아기를 조수석에 태워 주었고 우리는 그 안에 함께 앉아 전조등 불빛에 의지해 사고 장면을 그저 바라보았다.

"다 죽었어요?" 그가 물었다.

"누가 죽고 누가 살았는지 모르겠어요." 내가 솔직하게 말했다.

그는 보온병에서 커피 한 잔을 따른 뒤 주차 등을 제외한 모든 등을 껐다.

"지금 몇 시죠?"

"3시 15분쯤이요." 트럭 운전자가 말했다.

태도로 보아 그는 이 사건에 관여하지 않으려는 것 같았다. 마음이 놓이면서 눈물이 났다. 그때까지 나는 내가 무언가를 해야 한다고 생각하면서도 그게 무엇인지 알고 싶지 않았다.

마주 오는 차가 보이자 그 차를 세우고 얘기해야겠다는 생각이 들었다. "아기 좀 받아 주실래요?" 내가 트럭 운전자에게 물었다.

"그냥 데리고 계시죠. 사내아이죠?" 그가 말했다.

"그런 것 같아요." 내가 말했다.

사고 차량에 늘어져 있던 남자는 내가 지나갈 때 아직 살아 있었다. 이 무렵 나는 그가 심하게 다쳤다는 사실에 조금 익숙해져서 걸음을 멈추고 내가 할 수 있는 일이 아무것도 없음을 다시 한번 확인했다. 그는 요란하고 무례하게 코를 골았다. 숨을 쉴 때마다 입에서 피가 부글부글 나왔다. 그런 숨조차 많이 남지는 않은 듯했다. 나는 알았지만 그는 몰랐고, 그렇기에 나는 그를 내려다보면서 이 지상에서 인간의 삶이 얼마나 측은한지 절감하고 있었다. 우리 모두가 결국 죽는다는 것, 그것을 말하는 게 아니다. 그는 자기가 무슨 꿈을 꾸고 있는지 내게 말할 수 없고 나는 현실이 어떤지 그에게 말할 수 없다는 것, 그 점이 내게는 지독히도 측은하게 느껴졌다.

머지않아 다리 양쪽 끝에는 건너지 못한 차들이 길게 늘어섰고, 연기가 피어오르는 잔해에 전조등 불빛들이 드리우자 야간 경기를 펼치는 경기장이 떠올랐다. 구급차와 경찰차들이 그 사이를 파고들면서 대기가 다채롭게 고동쳤다. 나는 누구와도 말하지 않았다. 이 참극의 주재자에서 순식간에 유혈 사고를 지켜보는 얼굴 없는 구경꾼이 되었음을 그저 비밀로 간직하고 있었다. 그러다 한 경찰관이 내가 사고 차량에 타고

있었다는 사실을 알고 내 진술을 받아 갔다. 그가 내게
"담배 끄세요."라고 말한 것만 기억할 뿐 내가 뭐라고
했는지는 전혀 기억나지 않는다. 우리는 죽어 가는
남자가 구급차에 실리자 잠시 대화를 멈추고 지켜보았다.
그는 아직 살아 있었다. 아직 은밀하게 꿈을 꾸고 있었다.
그리고 피를 줄줄 흘렸다. 그의 무릎이 덜컥거리고
머리가 덜덜 떨렸다.

　　나는 다치지도 않았고 아무것도 보지 못했지만
어쨌든 경찰관은 내게 이것저것 묻고 나를 병원에
데려가야 했다. 우리가 응급실 입구의 차양 아래로
들어서는 순간, 경찰차 무전으로 남자가 사망했다는
소식이 들어왔다.

　　나는 젖은 침낭을 뭉쳐 벽에 기대어 놓고 타일이
깔린 복도에 서서 지역 장의사에서 나온 남자와 얘기를
나눴다.

　　의사가 와서 내게 엑스레이를 찍어 보라고 했다.
"아뇨."
"지금 찍어야 합니다. 나중에 뭔가 나오면……."
"저는 아무 이상이 없어요."

　　남자의 아내가 복도를 걸어왔다. 찬란하게 빛을
발하는 모습이었다. 그녀는 아직 남편이 죽었다는
사실을 몰랐다. 우리는 알았다. 그렇기에 우리에게

그녀는 무서운 존재였다. 의사는 그녀를 복도 끝 책상이 있는 방으로 데려갔고, 마치 어떤 놀라운 현상 때문에 그 안에서 다이아몬드가 소각되기라도 하는 듯 닫힌 문 아래 틈으로 환한 빛이 새어 나왔다. 아, 얼마나 대단한 폐인가! 그녀의 비명은 독수리에게서나 나올 법한 소리였다. 살아서 그런 소리를 듣는다는 게 굉장한 일처럼 느껴졌다! 그 뒤로 나는 늘 그런 느낌을 찾아 헤맸다.

"저는 아무 문제가 없어요." 내가 이런 말을 했다니 놀랍다. 하지만 나는 늘 의사들에게 거짓말을 하곤 했다. 내 건강은 오직 그들을 속이는 능력에 달려 있다는 듯이.

몇 년 뒤 시애틀 종합 병원 중독 치료 센터를 들락거릴 때에도 똑같은 수를 쓴 적이 있다.

"이상한 소리나 목소리가 들리나요?" 의사가 물었다.

"우리를 도와주세요. 아, 제발, 너무 아파요." 탈지면 상자들이 소리쳤다.

"꼭 그렇지는 않아요." 내가 말했다.

"꼭 그렇지는 않다. 그게 무슨 뜻이죠?" 의사가 물었다.

"아직 설명할 준비가 안 됐어요." 내가 말했다. 노란 새 한 마리가 내 얼굴 앞에서 날개를 퍼덕거렸고 온몸의 근육이 경직되었다. 나는 물고기처럼 헐떡거리고 있었다.

눈을 꼭 감자 눈구멍에서 뜨거운 눈물이 쏟아져 나왔다. 눈을 떠보니 나는 엎드려 있었다.

"방이 왜 이렇게 하얘졌죠?" 내가 물었다.

아름다운 간호사가 내 피부에 손을 대고 있었다. "이건 비타민이에요." 그녀가 말하며 바늘을 찔러 넣었다.

비가 쏟아지고 있었다. 커다란 양치식물들이 우리의 머리 위로 기울어졌다. 숲이 언덕 아래로 떠내려갔다. 바위 사이로 냇물이 콸콸 흐르는 소리가 들렸다. 그리고 당신들, 당신들은 어이없게도 내가 도와줄 거라 기대하겠지.

히치하이킹 도중에 일어난 자동차 사고

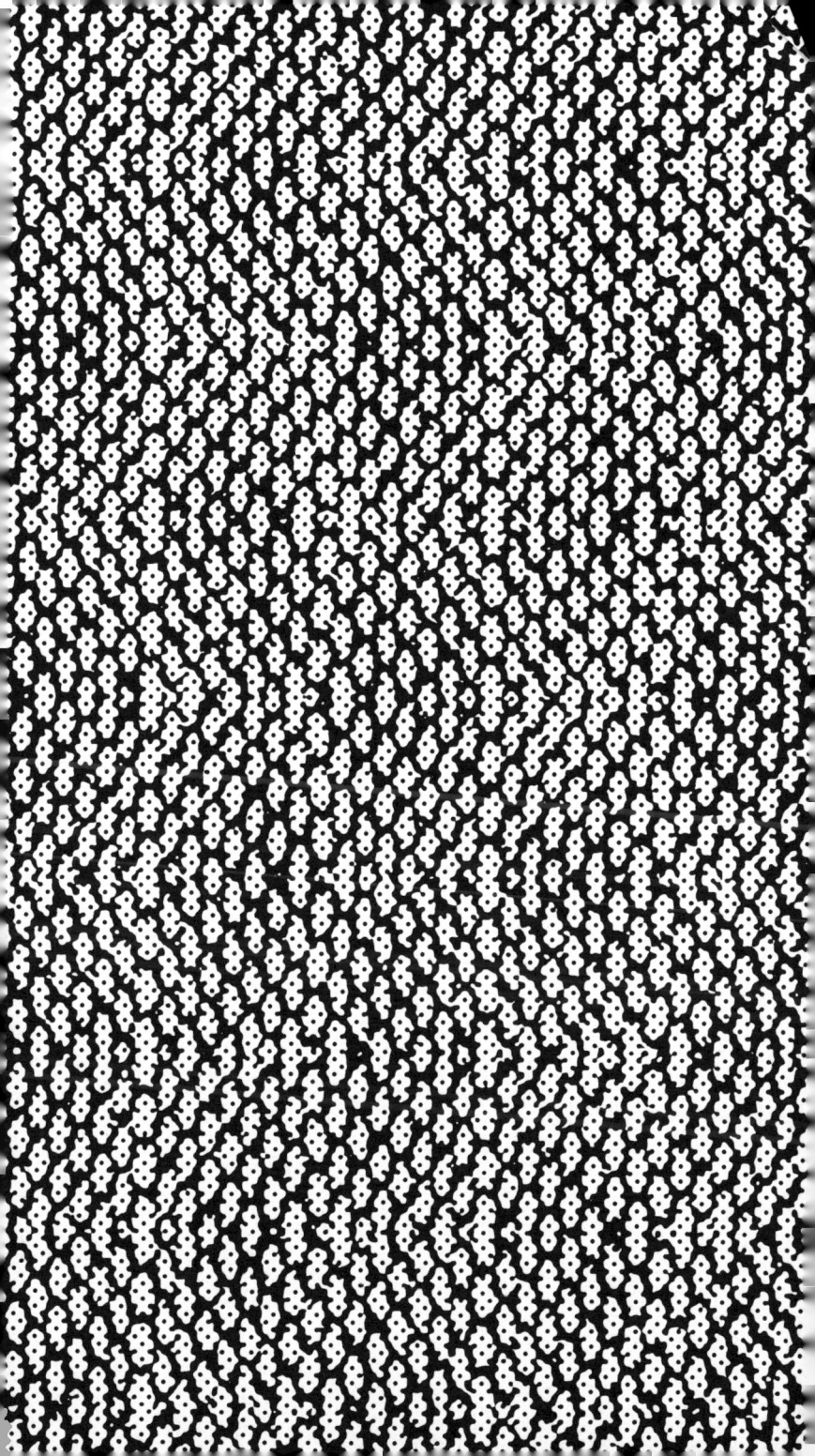

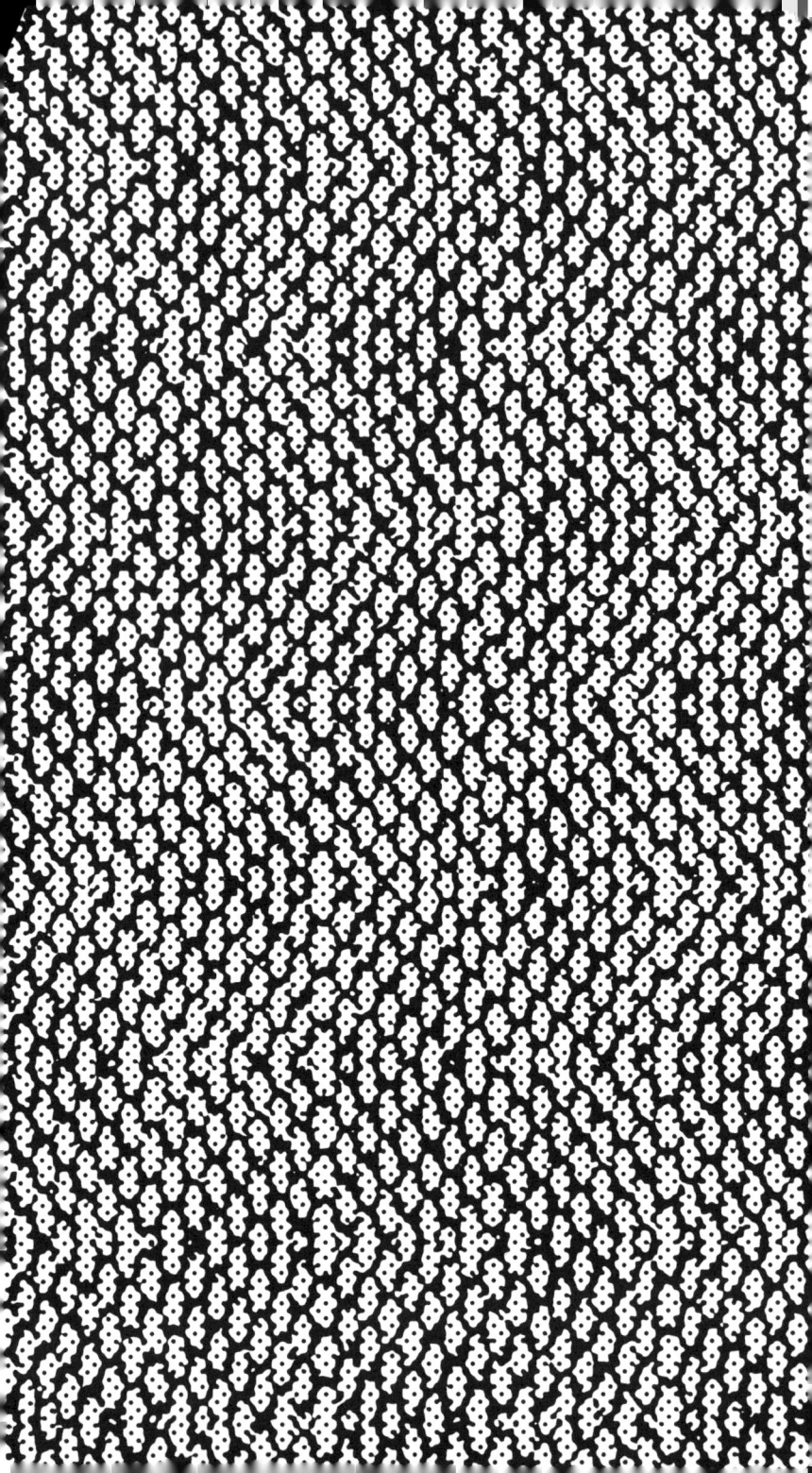

두 남자 중 한 명은 댄스파티가 한창이던 해외 참전 용사들의 집을 나와 집으로 가는 길에 만났다. 절친한 친구 두 명이 나를 그 파티에서 끌고 나왔다. 함께 왔다는 것도 잊고 있었는데 어느샌가 그들이 거기 있었다. 그러자 또다시 그 둘이 다 싫어졌다. 우리 셋은 애초부터 잘못된 무언가, 그러니까 어떤 단순한 오해 따위로 함께 다니기 시작했다. 그 오해가 아직 드러나지 않았기 때문에 우리는 여전히 함께 어울리며 술집에 가고 얘기를 나눴다. 이런 가짜 연대는 보통 하루나 하루 반나절이 지나면 끝나 버리지만 우리 관계는 1년 넘게 이어지고 있었다. 나중에는 함께 약국을 털다가 우리 중 한 명이 다치면서 나머지 둘이 피 흘리는 그를 병원 뒷문에 내려놓았다. 그가 체포되면서 모든 유대가 끊어졌다. 이후 우리는 그를 보석으로 빼냈고 그 후 그는 혐의를 벗었지만, 이미 우리는 가슴을 열어젖히고 모든 비겁함을 다 보여 준 터였다. 그런 일이 있고 나면 친구 관계를 이어 갈 수 없는 법이다.

해외 참전 용사들의 집에서 파티를 즐긴 저녁, 나는 한 여자와 춤을 추다가 그녀를 커다란 에어컨 뒤로 데려가 입맞춤을 하고 그녀의 바지 단추를 풀어 그 안으로 손을 넣었다. 이 여자는 1년 전까지 내 친구의 아내였고, 전부터 나는 우리가 결국 엮일 거라고 생각했다. 하지만 야비하고 마르고 지적이며 하필 내가 열등감을 느끼던 그녀의 남자 친구가 에어컨 너머로 우리를 노려보고 있었다. 그는 그녀에게 나가서 차에 타라고 했다. 나는 그가 보복이라도 할까 봐 두려웠지만 그는 여자를 따라 금세 사라졌다. 그날 저녁 내내 나는 그가 친구들을 데려와 괴롭고 굴욕적인 일을 벌일까 봐 전전긍긍했다. 나는 총을 갖고 다녔지만 실제로 쓰지는 않을 것 같았다. 워낙 싸구려였고, 방아쇠를 당기면 손에서 폭발해 버릴 게 틀림없었다. 그래가지곤 더 큰 쪽팔림만 불러올 터였다. 훗날 사람들, 주로 내 상상 속에서 여자에게 거들먹거리고 있는 남자들은 이렇게 말하리라. "그 새낀 총을 갖고 다니면서도 주머니에서 한 번도 꺼내질 않았다니까." 나는 2인조 밴드의 노래와 연주가 끝나고 불이 켜질 때까지 최대한 술을 들이켰다.

두 친구와 함께 나의 작은 녹색 폴크스바겐에 탔을 때, 우리는 내가 얘기하려는 두 남자 중 하나가 뒷자리에서 곤히 자고 있는 것을 발견했다.

"누구야?" 내가 두 친구에게 물었다. 그들도 처음 보는 사람이었다.

우리가 깨우자 남자는 똑바로 일어나 앉았다. 몸집이 큰 사내였다. 머리가 천장에 닿을 만큼 키가 큰 건 아니었지만 체격이 컸고 얼굴은 두툼한 데다 머리를 짧게 깎았다. 내릴 생각이 없어 보였다.

남자는 자기 귀와 입을 가리키며 듣지도 말하지도 못한다는 신호를 보냈다.

"이럴 땐 어떻게 해야 돼?" 내가 물었다.

"일단 내가 타야 하니까 옆으로 좀 가쇼." 톰이 남자에게 말하며 그의 옆자리에 올라탔다.

리처드와 나는 앞에 타고 있었다. 우리 셋은 일제히 새로운 동행을 돌아보았다.

남자는 정면을 가리킨 뒤 두 손을 모아 한쪽 뺨에 갖다 대며 자는 시늉을 했다. "집에 태워다 달라는 거네." 내가 넘겨짚었다.

"그래서?" 톰이 물었다. "그럼 태워다 줘." 톰은 날카로운 생김새 때문에 늘 실제보다 기분이 훨씬 나빠 보였다.

우리의 승객은 수어를 써서 길을 알려 주었다. 나는 운전하느라 돌아볼 수 없어서 톰이 전달해 주었다. "우회전. 여기서 좌회전. 속도를 늦추래. 집을 찾고 있는 것 같아." 이런 식이었다.

우리는 창문을 내리고 달렸다. 몇 달 동안 꽁꽁 얼어붙은 겨울을 견딘 터라, 얼굴에 닿는 온화한 봄날 저녁의 기운은 외국인의 숨결 같았다. 우리는 나뭇가지 끝에서 새순이 힘겹게 고개를 내밀고 정원에서는 씨앗들이 신음하는 주택가로 우리의 승객을 데려갔다.

   차에서 내린 남자는 유인원처럼 거대해 보였고, 금방이라도 상체를 굽히고 주먹으로 땅을 짚으며 걸어갈 듯 두 손을 길게 늘어뜨렸다. 그는 그중 한 집의 진입로를 걸어가 문을 두드렸다. 2층에 불이 켜지고 커튼이 움직이더니 이내 불이 꺼졌다. 얼른 기어를 넣고 출발하려는 찰나, 그가 다시 차로 와서 손으로 지붕을 두드렸다.

   그는 내 폴크스바겐 보닛 위로 늘어졌다. 기절한 듯 보였다.

   "이 집이 아닌가 봐." 리처드가 말했다.

   "이런 식으로 계속 집을 찾아다닐 수는 없어." 내가 말했다.

   "출발했다가 급브레이크를 밟아." 리처드가 제안했다.

   "브레이크 고장 났어." 톰이 리처드에게 귀띔했다.

   "사이드 브레이크는 돼." 내가 그들에게 말했다.

   성미 급한 톰이 다시 나섰다. "그냥 차를 움직여. 그럼 떨어지겠지."

   "다치게 하고 싶진 않은데."

   우리는 결국 남자를 들다시피 해서 뒷자리에 태웠고 그는 창문에 기댄 채 늘어졌다.

   결국 우리는 다시 그를 떠안았다. 톰이 어이없다는

듯이 웃었다. 우리 셋은 일제히 담배에 불을 붙였다.

"캐플런이 내 다리를 날려 버리려고 오는 거야." 차 한 대가 모퉁이를 돌자 나는 겁에 질려 말했다. 그러나 그 차는 우리를 지나갔다. "난 정말 그 새낀 줄 알았어." 미등 불빛이 저 멀리 사라지고 있었다.

"아직도 앨세이샤 때문에 걱정하는 거야?"

"내가 키스했거든."

"그게 불법도 아니잖아." 리처드가 말했다.

"내가 걱정하는 건 앨세이샤의 변호사가 아니거든."

"내가 보기에 캐플런은 앨세이샤를 그렇게 진지하게 생각하지 않거든. 최소한 널 죽이거나 그럴 정도는 아니라고."

"그쪽 생각은 어때요?" 나는 우리의 정신없는 새 친구에게 물었다.

그는 대놓고 코를 골기 시작했다.

"정말 못 듣는 건 아닐걸. 이보쇼, 안 그래요?" 톰이 말했다.

"저 사람을 어떡하지?"

"우리가 집으로 데려가야지."

"난 싫어." 내가 말했다.

"어쨌든 우리 중 누군가가 데려가야 해."

"여기 사는 게 맞을 거야. 문 두드리는 거 보면

안다니까."

내가 우기며 차에서 내렸다.

나는 그 집으로 가서 초인종을 누른 뒤 현관에서 물러나 컴컴한 위층 창문을 올려다보았다. 흰 커튼이 다시 움직이더니 여자가 무슨 말인가를 했다.

커튼 끝을 잡은 손의 음영만 보일 뿐 여자의 모습은 완전히 가려져 있었다. "그 사람을 당장 데려가지 않으면 경찰을 부를 거예요." 문득 갈망이 홍수처럼 나를 집어삼켰고, 거기 잠겨 익사할지도 모르겠다는 생각이 들었다. 여자의 말소리가 불쑥 끊기더니 물살을 타듯 떠내려왔다.

"지금 수화기 들었어요. 전화 걸고 있어요." 여자가 나지막이 외쳤다.

멀지 않은 어디선가 자동차 엔진 소리가 들리는 것 같았다. 나는 다시 차로 내달렸다.

"왜 그래?" 내가 차에 타자 리처드가 물었다.

전조등 불빛이 모퉁이를 돌았다. 온몸에 경련이 일어 차가 흔들릴 지경이었다. "미치겠다." 내가 말했다. 2초쯤 빛이 쏟아져 들어와 차 안은 책도 읽을 수 있을 만큼 환해졌다. 앞 유리에 덮인 먼지의 그림자가 톰의 얼굴에 줄무늬를 만들어 냈다. "모르는 사람이야." 리처드가 말했다. 누가 탔는지 몰라도 차는 지나갔고 다시 어둠이 덮였다.

"어차피 캐플런은 네가 어디 있는지도 몰라."

아찔한 공포가 내 붉은 혈색을 모조리 앗아 갔다. 고무가 된 것 같았다. "그럼 내가 먼저 찾아야겠어. 그냥 끝내 버리자."

"그 새낀 신경도 안 쓸 텐데……. 나도 모르겠다. 내가 뭘 알겠어?" 톰이 말했다. "근데 왜 우리가 그 새끼 얘기를 하고 있는 건데?"

"캐플런은 그냥 봐줄 거야." 리처드가 말했다.

"씨발, 그냥 봐주면 영원한 동지가 되거나 하겠지. 어쨌든 난 그냥 빨리 벌을 받고 끝내고 싶다고." 내가 말했다.

우리의 승객은 포기할 줄 몰랐다. 그는 선수들에게 수신호를 보내는 야구 코치처럼 이마와 겨드랑이에 손을 갖다 대고 제자리에서 빙빙 돌리기도 하며 요란한 몸짓을 했다. "이보쇼." 내가 말했다. "말할 수 있는 거 다 알거든? 우리를 호구 취급하지 말라고."

그는 결국 시내를 벗어나 거의 아무도 살지 않는 기찻길 근처로 우리를 안내했다. 이따금 어둠 속에 깊이 가라앉은 판잣집에서 어둑한 불빛이 새어 나왔다. 그러나 남자가 차를 멈춰 세운 집은 가로등 불빛을 제외하고는 어떤 빛도 내보이지 않았다. 내가 경적을 울렸지만 아무

반응이 없었다. 우리가 데려온 사내는 차 안에 그대로 앉아 있었다. 그는 내내 수많은 욕망을 토로하면서도 한마디도 하지 않았다. 갈수록 누군가가 키우던 개처럼 보이기 시작했다.

"내가 가 볼게." 나는 일부러 냉혹한 목소리로 말했다.

작은 목조주택이었고, 앞쪽에 있는 기둥 두 개에는 빨랫줄이 매달려 있었다. 잔디는 자랐다가 눈에 짓눌린 뒤 날씨가 풀리면서 다시 드러난 상태였다. 나는 문을 두드리지 않고 옆쪽 창문으로 돌아가 안을 들여다보았다. 타원형 탁자 앞에는 의자 하나만 달랑 놓여 있었다. 커튼도 카펫도 없는 걸로 봐서 버려진 집 같았다. 마룻바닥에는 반짝이는 것들이 여기저기 흩어져 있었는데, 다 쓴 전구나 빈 탄피 같기도 했지만 어두워서 확실히 알 수 없었다. 눈이 피로해질 때까지 살펴보니 바닥에 분필로 그려진 무언가가 있었다. 피살자의 윤곽. 아니면 기이한 의식을 진행하기 위한 무언가.

"왜 안 들어가?" 나는 차로 돌아가 남자에게 물었다. "가서 보기라도 하라고. 이 씹지랄 사기꾼 새끼야."

그는 손가락 하나를 올렸다.

'**하나**'라는 뜻이었다.

"뭐래."

'**하나**.' '**하나**.'

"한 군데 더 가 보자는 뜻이야." 리처드가 말했다.

"벌써 한 군데 더 갔잖아. 여기가 거기라고. 그런데 여기도 아니라잖아."

"그럼 어떡할 건데?" 톰이 물었다.

"아, 그럼 그냥 가자는 대로 가 봐봐." 나는 내 집에 가고 싶지 않았다. 아내는 예전과 달라졌고 6개월 된 우리의 아기, 그 어린 아들도 두려웠다.

우리가 다음으로 남자를 데려간 곳은 구(舊)도로 인근에 홀로 덩그러니 서 있는 집이었다. 나는 이 도로를 몇 번 달려 보았고 매번 조금 더 멀리까지 가 봤지만 딱히 즐거웠던 적은 없었다. 내 친구 몇 명이 이 근처에 농장을 갖고 있었지만 경찰이 급습해 모두 감옥에 쳐넣었다.

이 집은 농장에 딸린 주택이 아닌 것 같았다. 구도로에서 300미터쯤 떨어진 곳이었고 현관이 길가로 나 있었다. 그 앞에 차를 세우고 시동을 끄자 안에서 음악이 들려왔다. 재즈. 세련되고 쓸쓸한 느낌이었다.

우리는 말 없는 사내를 데리고 다 함께 현관 앞으로 갔다. 사내가 문을 두드렸다. 톰과 리처드, 나는 살짝, 아주 미묘하게 거리를 두고 그의 옆을 에워쌌다.

문이 열리자 사내는 무작정 밀고 들어갔다. 우리는 뒤따라 들어가 멈췄지만 그는 곧장 안으로 깊숙이 들어갔다.

우리는 더 들어가지 않고 부엌 앞에 섰다. 그 너머에 있는 방에는 어둑하고 푸르스름한 불빛이 켜져 있었다. 열린 문틈으로 보이는 방 안에는 다락이 매여 있어서 마치 거대한 2층 침대가 놓인 듯했다. 피부가 유령처럼 창백한 여자 몇 명이 그 위에 누워 있었다. 그 여자들과 똑같은 여자 한 명이 방에서 나왔는데, 입맞춤을 했는지 입술에 바른 립스틱이 거칠게 지워져 있었고 눈가에 칠한 마스카라는 다 번져 있었다. 그녀는 가만히 서서 우리 셋을 바라보았다. 밑에는 치마를 입었지만 위에는 흰 브래지어만 착용한 모습이 청소년 잡지에 나오는 속옷 광고 모델 같았다. 하지만 그렇게 어리지는 않았다. 그녀를 보자 아내와 들판에서 데이트한 일이 떠올랐다. 우리 둘 다 사랑에 푹 빠져 그게 사랑인지도 모르던 시절이었다.

여자는 나른하게 코를 훔쳤다. 곧바로 흑인 남자가 장갑 한 켤레로 자기 손바닥을 후려치며 바싹 따라 나왔다. 그는 덩치가 아주 컸고, 약에 취한 사람이 그렇듯 대책 없는 미소를 지으며 멍하니 나를 내려다보았다.

젊은 여자가 말했다. "미리 연락했으면 데려오지 말라고 했을 텐데."

여자의 동행은 재미있어했다. "말을 참 아름답게 하네."

우리가 데려온 사내는 여자 뒤쪽으로 보이는 방 안에 있었다. 커다란 두 손을 더는 끌고 다닐 수 없다는 듯 어깨를 축 늘어뜨린 채로 서 있는 꼴이 꼭 못생긴 조각상 같았다.

"저 사람 문제가 뭡니까?" 리처드가 물었다.

"그 문제가 뭔지는 중요하지 않아요. 스스로 온전히 아는 게 중요하지." 흑인 남자가 말했다.

톰이 설핏 웃었다.

"뭐 하는 사람이에요?" 리처드가 여자에게 물었다.

"아주 뛰어난 미식축구 선수예요. 어쨌든 한때는 그랬죠." 여자의 얼굴은 피곤해 보였다. 아무래도 상관없는 것 같았다.

"지금도 잘해요. 아직 팀에 있고." 흑인 남자가 말했다.

"이제 학교도 안 다니잖아."

"그래도 다녔으면 복귀할 수 있었어."

"하지만 이제 저 모양이니 학교에는 다시 안 나갈 거야. 너도 마찬가지고."

남자는 장갑을 탁탁 튕겼다. "나도 이제 알아. 고마워."

"장갑 한 짝 떨어졌어." 여자가 말했다.

"고마워. 그것도 알아." 남자가 말했다.

뺨이 발그레하고 금빛 머리카락을 짧게 깎은 커다란 근육질 사내가 다가와 끼어들었다. 어쩐지 이 집의 주인 같았다. 손잡이가 달리고 커다란 하켄크로이츠†와 달러 표시가 그려진, 휴지통만큼 커다란 초록색 맥주잔을 들고 있었기 때문이다. 좋아하는 듯한 잔을 든 모습이 자기 집에 있는 사람처럼 편안해 보였다. 〈플레이보이〉 칵테일파티에서 파자마를 입고 돌아다니는 휴 헤프너††처럼.

그는 나를 보고 빙긋 웃으며 고개를 저었다. "저 친구는 여기 못 있어요. 태미가 싫어하거든."

"알겠어요. 태미가 누군지는 모르지만." 내가 말했다. 이 낯선 사람들 속에서 나는 허기를 느꼈다. 방탕한 냄새가 났다. 조금만 들이마시면 나를 괴롭히는 시름을 모두 없애 줄 무언가의 냄새.

"그만 데리고 나가 주면 좋겠는데." 덩치 큰 주인이 말했다.

"그런데 저 사람 이름이 뭐죠?"

"스탠."

---

† 나치스의 상징인 갈고리 십자형 휘장.
†† Hugh Hefner(1926~2017). 〈플레이보이〉의 창간자.

"스탠. 정말 귀가 먹었어요?"

여자가 코웃음을 쳤다.

남자가 웃으면서 말했다. "재밌네."

리처드가 주먹으로 내 팔을 치며 문을 힐끗 보았다. 그만 가자는 뜻이었다. 나는 그와 톰이 이들을 두려워한다는 걸 깨달았다. 그러고 보니 나도 두려웠다. 그들이 우리에게 무슨 짓을 할 것 같지는 않았지만 그 속에 있으니 우리가 멍청하고 한심한 인간이 된 것 같았다.

여자를 보는 것도 괴로웠다. 그녀는 너무도 부드럽고 완벽해 보였다. 살로, 오로지 살로만 만들어진 마네킹처럼.

"버리고 가자. 빨리." 내가 서둘러 밖으로 나가며 소리쳤다.

나는 이미 운전석에 올라탔고 톰과 리처드가 진입로를 반쯤 내려왔을 때 스탠이 집에서 나오기 시작했다. "따돌려! 따돌리라고!" 톰이 소리치며 리처드에 이어 차에 올랐지만 내가 출발할 무렵 사내는 이미 문손잡이를 잡고 있었다.

나는 속도를 올렸지만 그는 포기하지 않았다. 심지어 차보다 조금 앞서 나가 앞 유리를 통해 나를 보며 미친 인간처럼 시선을 맞췄다. 그는 영원히 떨어지지 않겠다고 맹세라도 하듯 냉소적인 미소를 띠고 입김을 내뱉으며 더 빨리, 더욱더 빨리 달렸다. 50미터쯤 가서 큰길 앞에 서 있는 정지 표지판이 가까워지자 나는 그가 거기에 가로막혀 떨어져 나가기를 바라며 가속페달을 밟았다. 그러나 그는 표지판과 정면으로 부딪쳤다. 그의 머리가 먼저 부딪치면서 표지판 기둥이 식물의 줄기처럼 부러졌고 그 위에 그의 몸이 널브러졌다. 기둥 목재가 썩은 모양이었다. 그에겐 다행이었다.

우리는 정지 표지판이 서 있던 그 교차로에 비틀거리는 사내를 두고 떠났다. 톰이 말했다. "난 이 지역 사람을 다 안다고 생각했는데 저 인간들은 처음 봤네."

"운동하던 애들이야. 이제 약쟁이가 된 거지." 리처드가 말했다.

"미식축구 선수들이 저렇게 된 줄 몰랐어." 톰은 뒤로 몸을 돌려 멀어져 가는 도로를 바라보았다.

나도 차를 세우고 그들과 함께 돌아보았다. 400미터쯤 떨어진 곳에서 별빛에 물든 들판을 배경으로 멈춰 있는 스탠은 지독한 숙취에 시달리거나 머리를 목에 다시 끼워 넣으려 하는 사람처럼 보였다. 그러나 사실 떨어져 나간 건 머리만이 아니었다. 그의 존재 자체가 떨어져 나가고 버려졌다. 그가 듣지도 말하지도 못하는 건 놀라운 일이 아니었다. 말로는 아무것도 못 할 수밖에. 그쪽의 모든 것이 고갈돼 버렸으니까.

우리는 그를 바라보면서 늙은 독신녀가 된 기분이 들었다. 반면, 저 멀리 보이는 그는 죽음과 결혼한 신부였다.

우리는 다시 출발했다. "결국 저 새끼가 말하는 건 못 들었네."

시내로 돌아가는 내내 톰과 나는 그를 흉보았다.

"너네가 몰라서 그래. 치어리더가 되고, 팀에 들어가고, 그런 게 인생에서 뭘 보장해 주는 건 아니라고. 세상 누구나 좆될 수 있는 거거든." 리처드가 말했다. 그는 고교 시절 쿼터백인지 뭔지를 맡은 적이 있었다.

가로등이 늘어선 시내로 들어서는 순간, 나는 다시 캐플런이 두려워졌다. 그가 지금 어디 있을지 궁금했다.

"이렇게 기다리느니 내가 먼저 찾아야겠다." 내가 톰에게 말했다.

"누구?"

"누구겠어?"

"좀 그만할 수 없냐? 다 끝난 일이야. 진짜라니까."

"알았어. 알았다고."

우리는 벌링턴가를 달렸다. 클린턴가와 교차하는 모퉁이에서 24시 주유소를 지나갔다. 한 남자가 직원에게 돈을 건네고 있었다. 남자의 차 옆에 서 있는 두 사람에게 오싹한 유황색 빛이 드리워졌다. 당시 우리 도시에는 나트륨 등이 막 들어선 참이었다. 주위의 보도 위에는 녹색으로 보이는 기름얼룩이 반짝거렸지만 남자의 오래된 포드 자동차는 아무런 색이 없었다. "방금 그 사람 봤어?" 내가 톰과 리처드에게 물었다. "대처였어."

나는 가능한 곳에서 바로 차를 돌렸다.

"그게 뭐?" 톰이 물었다.

"이거." 나는 한 번도 쓰지 않은 32구경을 꺼냈다.

어째서인지 리처드는 웃음을 터트렸다. 톰은 무릎에 두 손을 탁 내려놓고는 한숨을 쉬었다.

그사이 대처는 다시 차에 올랐다. 나는 맞은편 주유기 앞에 차를 세우고 창문을 내렸다. "내가 올해 초에 그쪽이 파는 가짜 총을 210달러나 주고 샀거든. 당신은 나를 모르겠지. 직원이 팔았으니까." 그가 내 말을 들었는지는 모르겠다. 어쨌든 나는 그에게 총을 보여 주었다.

대처의 낡은 포드 팰콘은 날카로운 바퀴 소리를 내며 떠나 버렸다. 내 폴크스바겐으로는 따라잡을 수 없을 것 같았지만 어쨌든 나는 차를 돌려 뒤쫓아 갔다. "저 새끼가 나한테 완전 엉터리를 팔았다니까." 내가 말했다.

"사면서 작동해 보지 않았어?" 리처드가 물었다.

"좀 이상하더라고."

"그래도 테스트해 봤다는 거 아냐." 그가 말했다.

"괜찮은 것 같았는데 안 되더라니까. 나만 그렇게 생각한 게 아니라고. 다들 그렇게 말했다니까."

"널 따돌리고 있는데." 대처가 별안간 두 건물 사이로 방향을 꺾었다.

우리는 그 골목을 빠져나와 다른 길로 들어섰지만 그를 찾을 수 없었다. 그때 저만치 앞쪽에 녹지 않고 남아 있던 눈 무더기가 브레이크 등 불빛을 받아 분홍빛으로 물드는 듯한 광경이 보였다.

"저 모퉁이를 돌았어." 내가 말했다.

그 모퉁이를 돌자 그의 차가 어느 아파트 건물 뒤에 주차되어 있었다. 차 안에는 아무도 없었다. 아파트 한 집에 불이 들어왔다가 꺼졌다.

"아슬아슬하게 놓쳤네." 그가 나를 두려워한다는 느낌에 기운이 솟았다. 나는 폴크스바겐을 주차장 한가운데 세운 뒤 시동을 끄지 않고 전조등을 환하게 켜 놓은 채로 문을 열어 놓고 내렸다.

톰과 리처드가 뒤를 따랐고 나는 계단을 한 층 달려 올라가 총으로 문을 두드렸다. 그 집이 틀림없었다. 한 번 더 두드렸다. 흰 가운을 걸친 여자가 문을 열더니 뒷걸음질 치며 말했다. "쏘지 마요. 진정해요. 진정해.

제발 진정하세요."

"대처가 대신 나가 보라고 했나 보네. 아니라면 문을 안 열었겠지." 내가 말했다.

"짐 말예요? 그 사람 여기 없어요." 그녀는 길고 검은 머리를 하나로 묶었다. 머리에 박힌 눈동자는 분명 흔들리고 있었다.

"그 사람 데려와." 내가 말했다.

"그이는 지금 캘리포니아에 갔어요."

"방에 있잖아." 내가 총구를 앞세워 다가가자 그녀는 뒷걸음질 쳤다.

"집에 아이가 둘 있어요." 그녀가 애원했다.

"상관없어! 엎드려!"

그녀가 엎드리자 나는 그녀의 얼굴을 옆으로 돌려 카펫에 닿게 누르고 총을 눕혀 관자놀이에 갖다 댔.

대처가 나오지 않으면 무얼 해야 할지 나도 몰랐다. "네 마누라가 엎드려 있어!" 나는 침실을 향해 소리쳤다.

"애들이 자고 있어요." 그녀가 말했다. 눈에서 흐른 눈물이 콧잔등을 타고 내려갔다.

그때 어이없게도 리처드가 복도를 지나 곧장 침실로 들어갔다. 무모하고 자멸적인 행동. 그는 그런 걸로 유명했다.

"여긴 어린애 둘밖에 없어."

톰이 그의 옆으로 가더니 내게 소리쳤다. "창문으로 나갔네."

나는 거실 창문 쪽으로 두 걸음 가서 주차장을 내려다보았다. 확실하진 않지만 대처의 차가 없어진 것 같았다.

여자는 움직이지 않았다. 카펫 위에 그대로 엎드려 있었다.

"정말 여기 없어요." 그녀가 말했다.

그가 없다는 건 나도 알았다. "상관없어. 당신, 후회하게 될 거야." 내가 말했다.

두 남자

황록색 스리피스 정장을 입은 잭 호텔이 보였다. 금빛 머리칼은 빗어 넘겼고 반짝이는 얼굴은 괴로워 보였다. 바인에서 그를 아는 사람들은 그가 잔을 비우기가 무섭게 술을 사 주었다. 잠깐 알았던 사람들, 그를 아는지 모르는지 기억도 못 하는 사람들. 슬프고 활기 넘치는 날이었다. 그는 무장 강도 혐의로 재판을 받는 중이었다. 법정에 있다가 점심 휴회 시간에 나온 것이었다. 그는 자기 변호사의 눈을 보고 재판이 금방 끝날 거라 생각했다. 오직 피의자 본인만이 따라갈 수 있는 법률적 셈법에 따르면, 그는 자신이 이 사건으로 최소 징역 25년 형을 선고받을 거라 예상했다.

농담이 아니라면 얼마나 무시무시한 형벌인가. 나는 실제로 지구상에서 그렇게 오래 산 사람을 본 기억조차 없었다. 호텔은 열여덟 아니면 열아홉 살이었다.

이런 상황은 지금까지 비밀이었다. 죽을병처럼. 나는 호텔에게 그런 비밀이 있다는 게 부러웠고, 그렇게 약한 놈이 그렇게 엄청난 짓을, 차마 떠벌리지도 못할 만큼 굉장한 짓을 했다는 사실을 떠올리면 두려움마저 들었다. 호텔은 언젠가 내게서 100달러를 갈취한 적이 있고 나는 늘 뒤에서 그의 험담을 했지만, 어쨌든 그가 열다섯인가 열여섯 살에 처음 나타났을 때부터 알고 지낸 사이였다. 그런 일에 나를 끼워 주지 않은 것은 놀랍고

서운했으며 심지어 비참한 기분이 들기까지 했다. 내가 이런 사람들과 친구가 될 수 없다는 신호인 것 같았다.

그래도 이번만큼은 그의 머리가 무척 깔끔해서 마치 이 지하 공간에 태양이 뜨기라도 한 듯 환한 금빛을 발했다.

나는 바인을 끝까지 훑어보았다. 이 길고 좁은 공간은 어디로도 가지 않는 열차 같았다. 사람들은 모두 어디선가 탈출한 듯 보였고 몇 사람의 손목에는 비닐 끈으로 만들어진 병원 팔찌가 둘러져 있었다. 그들은 복사기를 써서 손수 뽑아 낸 위조지폐로 술값을 내려 했다.

"옛날 일이야." 호텔이 말했다.

"뭘 했는데? 누굴 털었어?"

"작년 일이야. 작년." 그는 자기가 그렇게 오랫동안 끈질기게 심판을 받는 중이라는 사실이 기막히다는 듯이 설핏 웃었다.

"누굴 털었어, 호텔?"

"아 좀, 물어보지 마. 씨발 진짜." 그는 몸을 돌려 다른 사람과 얘기하기 시작했다.

바인은 날마다 달랐다. 내 인생에서 겪은 가장 끔찍한 일 몇 가지는 여기서 일어났다. 그런데도 다른 사람들처럼 발길을 끊지 못했다.

그리고 이곳에서 나는 매번 나를 사랑해 줄 사람을 찾지 못해 가슴이 무너졌다. 그러다 나를 사랑하는 아내가 집에 있다는 사실을 떠올렸다. 그런 뒤에는 아내가 나를 떠나면서 내가 넋을 놓아 버렸다는 사실을 떠올렸고, 또 그런 뒤에는 나를 영원히 행복하게 해 줄 아름다운 알코올 중독자 여자 친구가 있다는 사실을 떠올렸다. 그러나 바인에 들어설 때마다 베일에 싸인 얼굴들이 있었다. 모든 것을 약속하는 얼굴들, 그러나 그런 얼굴은 이내 뚜렷해지면서 따분한 얼굴, 늘 보던 얼굴로 바뀌었다. 그들 역시 나를 올려다보며 똑같은 착각에 빠졌다.

그날 밤 나는 한때 권투 선수였던 키드 윌리엄스가 마주 보이는 자리에 앉아 있었다. 그의 검은 두 손은 울퉁불퉁하고 흉측하게 변해 있었다. 나는 늘 그가 불쑥 그 손을 뻗어 내 목을 졸라 죽일지도 모른다고 생각했다. 그에게는 두 가지 목소리가 있었다. 그는 50대였다. 그리고 평생을 탕진했다. 우리처럼 인생을 탕진한 지 몇 년 안 된 사람에게는 아주 진귀한 사람이었다. 키드 윌리엄스를 마주 보고 앉아 있으면 한두 달 더 이렇게 사는 것도 대수로운 일은 아닌 듯했다.

병원 팔찌 얘기는 과장이 아니다. 키드 윌리엄스의 손목에도 그런 팔찌가 있었다. 그는 중독 치료 센터의

담장을 넘었다. "술 한잔 사 줘. 술 한잔 사 달라고." 그는 새된 목소리로 말했다. 그런 다음 인상을 쓰며 낮은 목소리로 말했다. "난 그냥 잠깐 나온 거야." 그러고는 얼굴이 환해지더니 다시 새된 목소리로 말했다. "다들 보고 싶었어! 술 한잔 사 줘. 난 지갑도 없고, 가방도 없어. 그 새끼들이 내 돈을 다 가져갔다고. 도둑놈들이라니까." 그는 장난감을 쫓는 아이처럼 여자 바텐더를 잡으려 했다. 잠옷 셔츠를 바지 속에 집어넣고 녹색 종이로 만든 병원 슬리퍼를 신은 채였다.

    그때 문득, 호텔 본인 아니면 그와 관련된 누군가가 몇 주 전에 내게 말해 준 사실이 떠올랐다. 호텔이 무장 강도 혐의를 받고 있다고. 그가 대량의 코카인을 팔던 대학생 무리에게 총을 들이대며 마약과 돈을 훔치자 그들이 그를 신고했다고. 나는 그 얘기를 듣고는 까맣게 잊어버렸던 것이다.

    그때 불현듯 내 삶을 더 꼬이게 하려는 듯한 사실이 하나 떠올랐다. 그날 오후에 벌어진 술판이 호텔의 송별회가 아니라 그의 귀환을 축하하는 파티라는 사실이었다. 호텔은 무죄 판결을 받았다. 그의 변호사는 미심쩍은 근거를 대며 그가 마약 밀매상들로부터 지역 사회를 구하려 했음을 입증했다. 배심원단은 이 사건의 진짜 범죄자가 어느 쪽인지 몹시 헷갈렸고 결국 양쪽 모두에게서 손을 떼는 쪽으로 표를 던졌다. 그 덕분에 호텔은 풀려났다. 그것이 그날 오후 내가 그와 나눈 대화 내용이었는데, 나는 그때까지 상황을 제대로 이해하지 못했던 것이다.

바인에서는 그런 순간이 많았다. 오늘이 어제인 줄, 어제가 내일인 줄 착각하는 순간. 왜냐면 우리는 모두 우리가 비참하다고 여기며 술을 마셨으니까. 우리는 그런 무력감, 우리의 운명이 정해져 있다는 생각에 사로잡혀 있었다. 우리는 수갑을 찬 채로 죽을 터였다. 결국 우리의 삶은 강제로 종지부를 찍을 터였고 심지어 우리 잘못도 아닌 일로 그렇게 될 터였다. 우리는 그렇게 상상했다. 그러나 어째서인지 늘 터무니없는 이유로 무죄 판결을 받곤 했다.

호텔은 남은 삶, 25년 이상이 될 삶을 돌려받았다. 그의 행운에 몹시 속이 쓰렸던 경찰은 그에게 이곳을 떠나지 않으면 후회하게 해 주겠다고 으름장을 놓았다. 그는 한동안 버텼지만 결국 여자 친구와 싸우고 떠났다. 덴버와 르노, 혹은 더 서쪽에 있는 몇몇 지역에서 일자리를 구해 머물던 그는 1년이 채 안 되어 여자 친구를 잊지 못하고 돌아왔다.

이제 그는 스무 살 아니면 스물한 살이었다.

바인은 헐렸다. 도시 재개발로 모든 거리가 변했다.

나도 여자 친구와 헤어졌지만 우리는 서로 떨어질 수 없었다.

어느 날 밤 나는 여자 친구와 싸우고 아침에 술집들이 다시 문을 열 때까지 걸어 다녔다. 그러다 어느 오래된 술집에 들어갔다.

거울 속에서 잭 호텔이 내 옆에 앉아 술을 마시고 있었다. 우리와 똑같은 사람이 몇 명 더 있었고 그게 우리에겐 위로가 되었다.

가끔은 아침 9시에 다시 한번 술집에 앉아 하느님을 잊고 서로에게 거짓말을 해 댈 수 있다면 무엇이든 내 줄 수 있을 것 같다.

호텔도 여자 친구와 싸웠다. 그도 내가 걸었던 거리를 걸었다. 이제 우리는 둘 다 돈이 떨어질 때까지 대결이라도 하듯 술을 마셨다.

사회 보장 연금을 받던 세입자가 죽은 뒤에도 계속 수표가 날아오는 아파트가 있었다. 나는 반년 동안 다달이 그 수표를 훔치면서도 매번 두려워했고, 매번 수표가 도착하고 이틀쯤 지나서 갔으며, 매번 곧 적은 돈이나마 정직하게 벌 방법을 찾겠다 다짐했다. 매번 나는 이런 짓을 해선 안 되는 정직한 사람이라 생각했고, 매번 이번엔 걸릴 거라는 두려움에 미적거렸다.

내가 수표를 훔치러 갈 때 호텔이 함께 갔다. 나는

그의 본명으로 서명을 만든 뒤 그가 슈퍼마켓에서 수표를 현금화할 수 있도록 그 서명을 휘갈겨 그에게 주었다. 그의 본명은 게오르게 호델이었을 것이다. 독일 이름이었다. 우리는 그 돈으로 헤로인을 사서 반으로 나눴다.

그런 다음 그는 자기 여자 친구를 찾으러 가고 나는 내 여자 친구를 찾으러 갔다. 약이 있으면 그녀가 넘어올 거라는 사실을 알았으므로.

그러나 나는 몸 상태가 좋지 않았다. 술을 마신 데다 밤을 꼬박 새웠으니까. 약이 들어가는 순간 정신을 잃었다. 내가 모르는 사이 두 시간이 훌쩍 지나 있었다.

그저 눈을 한 번 감았다 떴다고 생각했는데 여자 친구와 멕시코계 이웃이 나를 살리려고 안간힘을 쓰고 있었다. 멕시코인이 말하는 소리가 들렸다. "이제 정신이 들었네."

우리는 작고 지저분한 아파트에 살았다. 내가 오랫동안 정신을 잃었고 하마터면 영원히 떠날 뻔했다는 사실을 깨닫자 우리의 작은 집이 싸구려 보석처럼 반짝거리는 듯했다. 죽지 않아서 너무도 기뻤다. 나는 삶의 의미 같은 걸 고민해 본 적이 거의 없지만, 어쩌다 그런 고민을 했을 때조차 기껏 다다른 결론은 내가 어떤 장난질의 희생양이 틀림없다는 거였다. 나는 신비는커녕 그 근처에도 간 적이 없었고, 우리 중 누구도, 어쩌면 나만 그런 걸 수도 있지만, 어쨌든 우리 가운데 누구도 허파나 가슴 어딘가가 광명으로 가득 채워지는 일은 겪어 보지 못할 거라고 생각했다. 그러나 그날 밤에는 잠시나마 은총을 느꼈다. 내가 이 세상에 있는 것은 다른 곳에 있는 것을 견딜 수 없기 때문이라는 확신이 들었다.

그날 호텔은 몸 상태가 나와 똑같았고, 나와 똑같은 양의 헤로인을 가져갔지만 결국 여자 친구를 찾지 못해서 나눠 줄 필요가 없었다. 그는 아이오와 애비뉴 끝자락에 있는 하숙집으로 가서 나처럼 과한 양을 쑤셔 넣었다. 그는 깊은 잠에 빠졌고 얼핏 보기에는 죽은 것 같았다.

그와 함께 있던 사람들, 모두 우리와 친구였던 그들은 이따금 그의 코 밑에 손거울을 대서 그가 숨을 쉬는지, 유리에 작은 콧김이 서리는지 확인했다. 그러나 시간이 지나면서 그들은 그를 잊었고 그의 숨이 끊어지는 것을 아무도 알아채지 못했다. 그의 생은 조용히 빠져나갔다. 그는 죽었다.

나는 아직 살아 있다.

보석(保釋)

나는 던던이 사는 농가에 의약용 아편을 얻으러 갔지만 운이 따라 주지 않았다.

던던은 청바지 위에 플란넬 셔츠를 내어 입고 조끼를 걸치고 새 카우보이 부츠를 신은 채로 수도 펌프에 가려고 앞마당으로 나오다가 나를 만났다. 그는 껌을 씹고 있었다.

"오늘 매키니스 상태가 안 좋아. 내가 방금 쐈거든."

"매키니스를 죽였다는 거야?"

"일부러 그런 건 아니야."

"그래서 죽었어?"

"아니. 지금 앉아 있어."

"살아 있겠네."

"그럼. 살아 있지. 지금 안쪽 방에 앉아 있어."

던던은 펌프로 가서 손잡이를 움직이기 시작했다.

나는 집을 돌아 뒷문으로 들어갔다. 뒷문 바로 안쪽에 있는 방에서 개와 아기 냄새가 났다. 맞은편 문가에는 비틀이 서 있었다. 그녀는 내가 들어오는 모습을 보았다. 블루가 벽에 기대서 담배를 피우며 생각에 잠긴 듯 턱을 긁고 있었다. 잭 호텔은 낡은 책상 앞에 앉아 대통을 은박지로 감싼 파이프에 불을 붙이고 있었다.

들어온 사람이 겨우 나라는 것을 깨달은 세 사람은

다시 매키니스에게로 눈을 돌렸다. 그는 왼손을 배에
살짝 얹은 채 소파에 혼자 앉아 있었다.

"던던이 쐈어?" 내가 물었다.

"누가 누굴 쏴." 호텔이 말했다.

던던이 물이 담긴 사기잔과 맥주병을 들고 나를 따라
들어와 매키니스에게 말했다. "자."

"먹기 싫어." 매키니스가 말했다.

"알았어. 그럼 이거 받아." 던던은 남은 맥주를 그에게
내밀었다.

"됐다고."

나는 걱정이 되었다. "병원이든 어디든 데려가야
하는 거 아냐?"

"되게 좋은 생각이네." 비틀이 비꼬는 투로 말했다.

"그러려고 출발했다가 저기 헛간 기둥을
갖다박았거든." 호텔이 설명했다.

나는 옆쪽 창문을 내다보았다. 이곳은 팀 비숍의
농장이었다. 팀 비숍이 소유한, 회색과 붉은색으로
멋지게 도색된 구식 세단 플리머스가 헛간 측면을
들이받은 채 그곳의 기둥 노릇을 하고 있었다. 기둥
하나가 쓰러져 있고 차가 헛간 지붕을 떠받치는
중이었다.

"앞 유리가 완전 다 박살났어." 호텔이 말했다.

"어쩌다 저쪽으로 갔어?"

"정신이 하나도 없었거든." 호텔이 말했다.

"팀은 어딨는데?"

"지금 없어." 비틀이 말했다.

호텔은 내게 파이프를 건넸다. 해시시였지만 이미 꽤 많이 태운 뒤였다.

"좀 어때?" 던던이 매키니스에게 물었다.

"여기 있는 게 느껴져. 근육에 박혔어."

던던이 다시 말했다. "아주 나쁘지는 않네. 뇌관이 제대로 안 터졌나본데."

"불발인가 봐."

"그래, 불발이라고 할 수 있지."

호텔이 내게 물었다. "네 차로 병원에 데려가면 안될까?"

"알았어." 내가 말했다.

"나도 갈게." 던던이 말했다.

"아편 남은 거 있어?" 내가 그에게 물었다.

"아니. 그건 생일 선물이라서. 내가 다 빨았는데."

"네 생일이 언젠데?" 내가 그에게 물었다.

"오늘."

"생일날도 다 가기 전에 다 빨아 치우면 안 되지." 나는 화가 나서 툴툴거렸다.

그래도 쓸모 있는 존재가 되어서 기뻤다. 나는 매키니스를 끝까지 책임지고 무사히 병원에 데려간 사람이 되고 싶었다. 그러면 사람들 사이에 그 얘기가 퍼질 테고 모두가 나를 좋아해 줄 테니까.

던던과 매키니스, 내가 차에 올랐다.

그날은 던던의 스물한 번째 생일이었다. 내가 감옥에 간 것은 딱 한 번, 열여덟 살 추수감사절 무렵이었다. 그때 존슨 카운티 교정시설에 며칠 머물다가 그를 만났다. 내가 던던보다 생일이 한두 달 빨랐다. 매키니스는 처음부터 우리와 함께 있었고, 사실 나는 그의 전 여자 친구 중 한 명과 결혼해서 살고 있었다.

나는 총상 환자가 심하게 흔들리지 않도록 조심하며 최대한 빨리 출발했다.

던던이 말했다. "브레이크는 어떻게 됐냐? 고쳤어?"

"사이드 브레이크는 멀쩡해. 그거면 돼."

"라디오는?" 던던이 버튼을 누르자 라디오가 켜지고 고기 분쇄기 돌아가는 소리가 났다.

던던이 다시 껐다 켜자 이번에는 밤새도록 돌을 연마하는 기계처럼 지지직거렸다.

내가 매키니스에게 물었다. "좀 어때? 편해?"

"어떨 것 같은데?" 매키니스가 대꾸했다.

우리는 시야 끝까지 메마른 들판이 양옆으로 펼쳐져

있는 긴 직선 도로를 달렸다. 하늘은 공기가 없는 듯했고 땅은 종이로 만든 것 같았다. 우리는 달린다기보다는 점점 작아지고 있었다.

이런 들판에 대해 무슨 말을 할 수 있을까? 검은 새들이 자기 그림자 위를 빙빙 돌았고 그 밑에서 젖소들이 서로의 엉덩이를 킁킁거렸다. 던던은 씹던 껌을 창밖으로 뱉더니 셔츠 주머니를 뒤져 윈스턴 담뱃갑을 꺼냈고, 거기서 한 대를 빼물더니 성냥으로 불을 붙였다. 그 들판에 대해 할 말은 그뿐이었다.

"우린 이 길을 영영 벗어나지 못할 거야." 내가 말했다.

"무슨 생일이 이러냐." 던던이 말했다.

매키니스는 창백한 병자의 모습으로 힘없이 버티고 있었다. 나는 그가 총에 맞지 않았을 때에도 그러고 있는 모습을 한두 번 보았다. 그는 심한 간염 때문에 자주 괴로워했다.

"병원에서 얘기 안 할 거지?" 던던이 매키니스에게 말하고 있었다.

"못 듣는 것 같은데." 내가 말했다.

"그냥 사고였다고 해 줘. 알았지?"

매키니스는 한동안 말이 없었다. 그러다 얼마 후 마침내 입을 열었다. "알았어."

"약속하는 거지?" 던던이 말했다.

하지만 매키니스는 말이 없었다. 숨이 끊어졌기 때문이었다.

던던은 눈물 고인 눈으로 나를 보았다. "어떡해?"

"뭘 어떡해? 내가 뭘 어떡할지 알아서 이러고 있는 것 같아?"

"죽었어."

"**알아**. 죽은 거 나도 **안다고**."

"밖으로 던져 그냥."

"씨발, 그래. 밖으로 던져. 난 이제 저 인간을 아무 데도 데려가지 않을 거니까."

나는 운전하면서 깜빡 잠이 들었다. 누군가에게 무슨 말을 하려고 하는데 사람들이 자꾸 끼어드는 답답한 꿈을 꾸었다.

"저 새끼가 죽어서 난 좋아." 내가 던던에게 말했다. "저 새끼가 나를 꼴통이라고 부르는 바람에 이제 다들 그렇게 부르잖아."

그러자 던던이 말했다. "그런 걸로 속상해하지 마."

우리는 해골만 남은 듯한 아이오와의 잔해 사이를 빠르게 달려갔다.

"난 살인자가 돼도 상관없어." 던던이 말했다.

선사 시대에 빙하가 이 지역을 할퀴고 지나갔다.

수년째 가뭄이 들었고 들판 위에는 누런 먼지가 안개처럼 고여 있었다. 콩 작물은 또 죽었고 농사를 망쳐 시들어 버린 옥수숫대가 줄지어 벗어 놓은 속옷처럼 땅에 누워 있었다. 농부들은 이제 작물을 심지도 않았다. 거짓 희망은 모두 지워졌다. 구세주가 오기 직전의 순간 같았다. 그리고 구세주는 왔지만 우리는 오랜 시간 기다려야 했다.

던던은 덴버 외곽의 호수에서 잭 호텔을 괴롭혔다. 훔친 물건이 어디 있는지 알아내기 위해서였다. 그 물건이란 던던의 여자 친구 혹은 그의 누나의 스테레오였다. 얼마 후 던던은 텍사스주 오스틴 한복판에서 타이어 지렛대로 한 남자를 죽기 직전까지 두들겨 팼다. 그는 언젠가 이에 대해서도 답해야 하리라. 하지만 지금 내가 알기로 그는 콜로라도 주립 교도소에 있다.

그의 가슴에도 선량함이 있었다고 하면 당신은 믿겠는가? 그의 왼손은 그의 오른손이 하는 일을 몰랐다. 그건 그냥 어떤 중요한 연결이 타 버려서 그런 거였다. 만약 내가 당신의 머리를 열고 뜨겁게 달군 쇠로 뇌를 헤집는다면 당신도 그런 사람이 될지 모른다.

던던

나는 내 평생 만난 여자들 가운데 가장 아름다운 여자
친구와 함께 사흘 동안 가명으로 홀리데이 인에 묵으며
헤로인을 맞고 있었다. 우리는 침대에서 사랑을 나누고,
식당에서 스테이크를 먹고, 화장실에서 약을 맞고,
토하고, 울고, 서로를 탓하고, 서로를 갈구하고, 용서하고,
약속하고, 서로를 천국으로 데려갔다.

그러다 싸움이 났다. 나는 급하게 옷을 입느라
셔츠도 입지 않고 재킷만 걸친 채 모텔 앞에서 내
귀걸이를 통과하는 바람의 울음을 들으며 히치하이킹을
하고 있었다. 버스가 왔다. 나는 버스에 올라 플라스틱
의자에 앉았고, 창밖으로는 우리 도시의 풍경이
슬롯머신의 영상처럼 흘러갔다.

한번은 여자 친구와 길모퉁이에 서서 싸우다가
그녀의 배를 때린 적이 있었다. 그녀는 배를 잡고 몸을
구부리며 울면서 무너져 내렸다. 대학생들이 가득 탄
차가 우리 옆에 멈춰 섰다.

"속이 안 좋은가 봐요." 내가 그들에게 말했다.

"웃기고 있네. 당신이 배를 때렸잖아." 그중 한 명이
말했다.

"맞아요. 맞아요. 맞아요." 여자 친구가 흐느끼며
말했다.

내가 그들에게 뭐라고 했는지는 기억나지 않는다.

외로움이 처음에는 폐로, 그다음에는 심장으로,
그다음에는 사타구니로 밀려든 기억만 날 뿐이다. 그들은
여자 친구를 차에 태우고 가 버렸다.

그러나 그녀는 돌아왔다.

그날 아침, 그러니까 싸운 날 아침, 나는 버스를 타고
아무 생각 없이 벌건 마음으로 몇 블록을 지난 뒤 내려서
바인에 들어갔다.

바인은 춥고 조용했다. 웨인이 유일한 손님이었다.
그는 손을 떨고 있었다. 잔도 들어 올리지 못했다.

나는 왼손을 웨인의 어깨에 얹고 약 기운 덕분에
굳건한 내 오른손으로 버번위스키 잔을 들어 그의 입에
대 주었다.

"돈 좀 벌어 볼래?" 그가 내게 물었다.

"난 그냥 여기 구석에 틀어박혀 취해 볼까 했는데요."
내가 설명했다.

"나는 돈을 좀 벌기로 마음먹었어." 그가 말했다.

"그래서요?" 내가 물었다.

"같이 가자." 그가 애원했다.

"차가 필요하다는 뜻이네요."

"연장은 있거든. 우리를 태워 줄 네 고물 차만 있으면
된다고."

우리는 내가 사는 아파트 근처 길가에 세워 놓은 내 60달러짜리 셰보레로 향했다. 값을 생각하면 내가 산 물건 가운데 가장 멋지고 가장 좋은 것이었다. 나는 그 차가 좋았다. 전봇대를 들이받아도 아무렇지 않을 것 같은 차였다.

우리가 시내를 벗어나 달려가는 사이 웨인은 연장이 든 마대를 무릎에 올려놓고 있었다. 들판이 뭉쳐지며 솟구쳐 올라 언덕이 되었다가 자비로운 구름이 낳은 시원한 강물 쪽으로 우묵하게 내려갔다.

강가에 집이 열두 채쯤 늘어서 있었지만 모두 버려진 곳이었다. 한 회사에서 지은 뒤 네 가지 색으로 칠한 것 같았다. 아래층 창문에는 유리가 하나도 없었다. 차로 한 집 한 집 지나면서 보니 하나같이 안쪽 마룻바닥이 토사에 뒤덮여 있었다. 얼마 전 홍수가 나서 강물이 넘쳤고 모든 것을 휩쓸어 갔다. 그러나 지금 강물은 다시 잔잔하고 느리게 흐르고 있었다. 버드나무 수염이 물을 간질였다.

"빈집 털려고요?" 내가 웨인에게 물었다.

"버려져서 아무것도 없는 집을 털어서 뭘 해." 그는 내 멍청함에 질렸다는 듯이 말했다.

나는 아무 말도 하지 않았다.

"이건 말하자면 구조 작업이야." 그가 말했다. "저 집 앞에 세워. 저기 저 집."

우리가 차를 세운 집은 어쩐지 오싹한 느낌이 들었다. 나는 문을 두드렸다.

"하지 마. 쓸데없이." 웨인이 말했다.

안으로 들어가자 강물이 남긴 토사가 발에 차였다. 아래층 벽에는 바닥에서 1미터쯤 높이에 물이 차올랐던 흔적이 남아 있었다. 군데군데 널려 있는 곧고 뻣뻣한 풀은 마치 누군가가 말리려고 펼쳐 놓은 것 같았다.

웨인은 쇠지레를 썼고 나는 파란 고무 손잡이가 달린 번쩍이는 장도리를 들었다. 우리는 벽의 이음새 부분에 지레와 장도리의 납작한 부분을 넣고 석고 보드를 비집어 떼어 내기 시작했다. 노인의 기침 같은 소리와 함께 석고 보드가 떨어져 나왔다. 우리는 하얀 비닐 피복 안에 든 전선을 드러낸 뒤 연결을 끊고 끄집어내 둘둘 말았다. 이 전선이 우리가 찾는 것이었다. 우리는 구리 선을 고물로 팔 생각이었다.

2층에 이르렀을 때 나는 그게 돈이 꽤 되리라는 것을 깨달았다. 하지만 벌써 지쳤다. 망치를 내던지고 화장실로 갔다. 땀이 나고 목이 말랐다. 당연히 물은 나오지 않았다.

나는 작은 두 침실 중 한 곳에 서 있는 웨인에게로 돌아가 춤을 추면서 벽을 두드리고 석고 보드를 깨며 요란한 소리를 냈다. 그러다 장도리가 끼어 버렸다.
웨인은 내 행동을 못 본 체했다.

나는 숨을 몰아쉬며 그에게 물었다.

"여긴 누구 집이었을까요?"

그가 하던 일을 멈추고 대답했다. "내 집이야."

"정말요?"

"내 집이었지."

고정 핀을 뽑고 긴 전선을 부드럽게 잡아당겨 방 안으로 빼내는 그의 동작에는 차분한 증오가 서려 있었다.

우리는 각 방에서 뽑아낸 전선을 한가운데로 가져와 커다랗게 둘둘 말며 한 시간 넘게 일했다. 내가 웨인을 천정에 난 작은 다락문으로 밀어 올려 주자 그는 위에서 나를 끌어올렸다. 우리 둘 다 땀을 흘렸고 땀구멍에서 술기운이 빠져나오면서 오래된 귤껍질 같은 냄새를 풍겼다. 우리는 그의 옛집 꼭대기 층 바닥을 따라 늘어져 있는 하얀 전선을 끌어 올려 둘둘 말았다.

나는 힘이 달렸다. 구석으로 가서 속을 게웠지만 시커먼 위액만 눈곱만큼 나올 뿐이었다. 내가 투덜거렸다. "이렇게 일하니까 약 기운이 다 깨잖아요. 좀 더 쉽게 돈 버는 법은 없어요?"

웨인은 창문으로 갔다. 쇠지레로 창문을 두드리는

그의 손에 점차 힘이 실리더니 결국 창문이 요란하게 부서졌다. 우리는 바로 아래에 있는 강과 연결된 진흙 투성이 초원으로 창문을 내던졌다.

이 기이한 강변 동네는 고요했다. 산들바람이 어린 이파리들을 끊임없이 간질일 뿐이었다. 그러다 보트 한 척이 강을 거슬러 올라오는 소리가 들렸다. 그 소리가 벌처럼 강가의 묘목들을 헤집더니 잠시 후 앞코가 뭉툭한 요트가 적어도 시속 50~60킬로미터로 강 한가운데를 가르며 올라왔다.

요트 뒤에는 커다란 삼각형 연이 로프로 연결되어 있었다. 연은 약 30미터 높이의 허공에 떠 있었는데 거기 한 여자가 매달려 있었다. 허리를 붙들어 맨 것 같았다. 머리카락은 길고 붉었다. 희고 가냘픈 그 여자는 아름다운 머리카락을 제외하고는 아무것도 걸치지 않았다. 대체 무슨 생각으로 허공에 매달려 이 폐허를 지나가는지 알 수 없었다.

"뭘 하는 걸까요?" 나는 아무 생각 없이 말했다. 하지만 그녀가 날고 있다는 것은 누구나 알 수 있었다.

"아름다운 광경이군." 웨인이 말했다.

시내로 들어오는 길에 웨인은 구도로로 멀리 돌아서 가 달라고 했다. 그는 풀이 자란 언덕 위에 삐딱하게 서 있는 농가 앞에 차를 세우게 했다.

"딱 2초만 들어갔다 올게. 같이 갈래?"

"누가 사는데요?" 내가 물었다.

"가 보면 알아." 그가 대답했다.

그는 나와 함께 현관 앞 베란다로 올라가 문을 두드렸지만 아무도 없는 것 같았다. 그러나 그는 다시 두드리지 않았고, 꼬박 3분이 지나서야 어떤 여자가 문을 열었다. 붉은 머리카락에 작은 꽃무늬가 찍힌 원피스를 입은 가녀린 여자였다. 미소는 없었다. 그저 우리에게 "안녕" 하고 인사를 건넬 뿐이었다.

"들어가도 돼?" 웨인이 물었다.

"내가 나갈게." 그녀는 우리를 지나 들판이 내려다보이는 곳에 섰다.

나는 베란다 반대편 끝에서 난간에 기댄 채 아무것도 듣지 않고 기다렸다. 두 사람이 무슨 얘기를 주고받았는지 모른다. 그녀가 계단을 내려갔고 웨인이 뒤따라갔다. 그는 팔짱을 끼고 서서 땅을 보며 이야기했다. 바람이 여자의 길고 붉은 머리카락을 들썩였다. 마흔 살쯤 되었고 핏기 없는, 물을 잔뜩 머금은 듯한 아름다움이 돋보이는 여자였다. 나는 그녀가 폭풍이 아닌 웨인 때문에 여기에 발이 묶였구나 하고 짐작했다.

잠시 후 웨인이 내게 말했다. "가자." 그는 운전석에 올라타더니 시동을 걸었다. 열쇠가 없어도 시동을 걸 수 있는 차였다.

나는 계단을 내려가 그의 옆자리에 탔다. 그는 앞 유리로 여자를 바라보았다. 그녀는 안으로 들어가지도, 다른 무언가를 하지도 않았다.

"우리 와이프야." 그가 내게 말했다. 그게 그렇게 자명한 일이 아니라는 듯이.

나는 몸을 뒤로 돌려 멀어져 가는 웨인의 아내를 살폈다.

이 들판에 대해 무슨 말을 할 수 있겠는가? 그 한가운데 서 있는 여자는 마치 높은 산에 서 있는 것 같았고, 바람이 그녀의 붉은 머리카락을 사방으로 끌어 올렸으며, 주위에는 짓눌린 녹색과 잿빛으로 물든 들판이 펼쳐져 있었고, 아이오와의 모든 풀이 한 음으로 휘파람을 불었다.

나는 그녀가 누구인지 알았다.

"아까 그 여자 맞죠?" 내가 물었다.

웨인은 말이 없었다.

나는 조금도 의심하지 않았다. 그녀는 강 위를 날아가던 여자였다. 확실하진 않지만 나는 웨인의 아내와 그의 집이 나오는 그의 꿈속에 들어와 있었다. 하지만 이에 대해선 더 얘기하지 않았다.

누군가의 꿈속이든 아니든 그날은 이미 소소하게나마 내 인생 최고의 날이 되고 있었기 때문이다. 우리는 시내 외곽, 반짝이는 기찻길 근처에 있는 고물상에 가서 전선을 팔고 한 사람 앞에 28달러씩 받아 다시 바인으로 갔다.

바인에서는 꼭 젊은 여자 바텐더에게 술을 주문해야 한다. 이 여자의 이름은 기억나지 않지만 그녀가 내주는 술은 잊을 수 없다. 마치 돈을 두 배로 불려 주는 것 같았다. 고용주를 부자로 만들어 주는 직원은 아니었다. 그녀가 우리에게 추앙받은 건 당연한 일이다.

"제가 살게요." 내가 말했다.

"무슨 소리." 웨인이 말했다.

"사게 해 주세요."

"이건 내 희생이거든." 웨인이 말했다.

희생? 그는 어디서 희생 같은 말을 배웠을까? 그때까지 나는 실제로 그 말을 어디서도 들어본 적이 없었다.

나는 웨인이 어느 술집의 포커 테이블에서 맞은편에 앉은 사내, 과장이 아니라 실제로 아이오와에서 가장 덩치 크고 가장 시커먼 흑인 사내에게 속임수를 썼다고 따지는 광경을 본 적이 있다. 단지 자기 패가 마음에 들지 않는다는 이유로 말이다. 그게 내가 생각하는 희생이었다. 자신을 내던지는 것. 자기 몸을 바치는 것. 흑인이 일어나더니 손으로 맥주병 목을 감싸 쥐었다. 지금껏 그 술집을 드나든 사람 중 그렇게 큰 사람은 없었다.

"밖으로 나와." 웨인이 말했다.

그러자 사내가 대꾸했다. "여긴 학교가 아닌데."

"병신 같은 새끼, 웃기고 있네. 그게 대체 무슨 소린데?" 웨인이 말했다.

"밖으로 나가는 건 학교에서나 하던 짓이지. 여기서 붙자고."

"여기선 안 돼. 여자하고 애하고 개하고 장애인들이 있는 곳에선 싸울 수가 없어." 웨인이 말했다.

"씨발, 이 새끼 취했네." 사내가 말했다.

"마음대로 씨불여. 어차피 네가 떠들어 봐야 그저 종이봉투에 대고 똥방귀 지리는 소리로밖에 안 들리니까."

거친 거구의 사내는 아무 말도 하지 않았다.

웨인이 말했다. "난 이제 앉아서 카드 게임을 할 거니까 넌 니 마음대로 하세요."

사내는 고개를 저었다. 그러곤 자리에 앉았다. 놀라운 광경이었다. 그저 손을 뻗어 웨인의 머리를 잠깐 움켜쥐기만 해도 그의 머리통은 계란처럼 깨졌을 테니까.

그리고 이런 일도 있었다. 나는 열여덟 살 때 내 첫 번째 아내와 침대에서 오후를 보내던 일을 기억하고 있다. 아직 우리는 결혼하지 않았다. 우리의 알몸이 번쩍거리고 대기가 기이한 색으로 변하자 나는 숨이 끊어지려는 모양이라 생각하며 내 젊은 섬유질과 세포 하나하나를 붙잡고 한 번 더 숨을 쉬려 노력했다. 덜덜거리는 소리에 머리가 깨질 것 같아서 비틀비틀 일어나 문을 열자 평생 다시는 보지 못할 광경이 펼쳐졌다. 지금 내 여자들은 다 어디 있을까? 그들의 달콤하고 촉촉한 말과 행동, 마당을 투명한 초록빛으로 물들이던 그 신비로운 우박 덩어리들은?

우리는 옷을 입었다. 그녀와 나. 희고 가벼운 돌들이 발목까지 차오른 시내로 나왔다. 아마도 탄생에 견줄 만한 광경이었으리라.

그날 술집에서 가까스로 싸움을 면한 그 순간은 한바탕 우박이 내린 뒤의 그 초록빛 정적과도 같았다. 누군가가 술을 한 잔씩 돌렸다. 테이블 위에 똑바로 혹은 뒤집어진 채 흩어져 있는 카드는 우리가 서로에게 무슨 짓을 했든 술로 씻어 내거나 슬픈 노래로 풀 수 있다고 예언하는 듯했다.

웨인은 그 모든 것의 일부였다.

바인은 어쩌다 선로를 이탈해 시간의 늪으로 들어가

버린 뒤 철거용 철구를 기다리는 호화 객차 같았다. 그 철구는 실제로 다가오고 있었다. 도시 재개발을 한답시고 시내 전체를 부수며 철거하는 중이었으니까.

 그 오후에 우리 손에는 거의 30달러씩 쥐여 있었고 우리가 좋아하는, 우리가 가장 좋아하는 바텐더가 바를 맡고 있었다. 이름이 기억나면 좋겠지만 그녀의 은총과 관용만 떠오를 뿐이다.

 정말 좋은 일들은 늘 웨인과 함께 있을 때 일어났다. 그러나 어째서인지 그날 오후가 그 모든 순간을 통틀어 최고였다. 우리에겐 돈이 있었다. 우리는 꾀죄죄하고 피곤했다. 평소 우리는 뭔가가 잘못되긴 했는데 그게 뭔지는 모른 채 죄책감과 두려움에 시달렸지만, 오늘은 일한 자들의 기분을 느끼고 있었다.

 바인에는 주크박스가 없었지만 스테레오에서 알코올 중독자의 자기 연민과 질척한 이혼에 관한 노래가 끊임없이 흘러나왔다. "간호사." 내가 흐느끼며 말했다. 그러자 바텐더는 천사처럼 술을 더블 샷으로 따라 주었다. 양을 재지도 않고, 칵테일 잔이 가득 차다 못해 살짝 넘치도록. "주사를 정말 잘 놓네요." 정말이지 벌새가 꽃을 찾아가듯 그곳에 꼭 가야 한다. 나는 그로부터 한참 뒤에, 지금으로부터 그리 오래되지 않은 때에 그녀를 다시 보았는데, 내가 미소 짓자 그녀는 내가 수작을 부린다고 생각하는 것 같았다. 그러나 내가 미소 지은 건 오직 과거의 기억 때문이었다. 나는 절대 당신을 잊지 않을 것이다. 당신의 남편은 전기선으로 당신을 두들겨 팰 테고 버스는 눈물을 흘리고 서 있는 당신을 두고 가 버리겠지만, 내게 당신은 어머니였다.

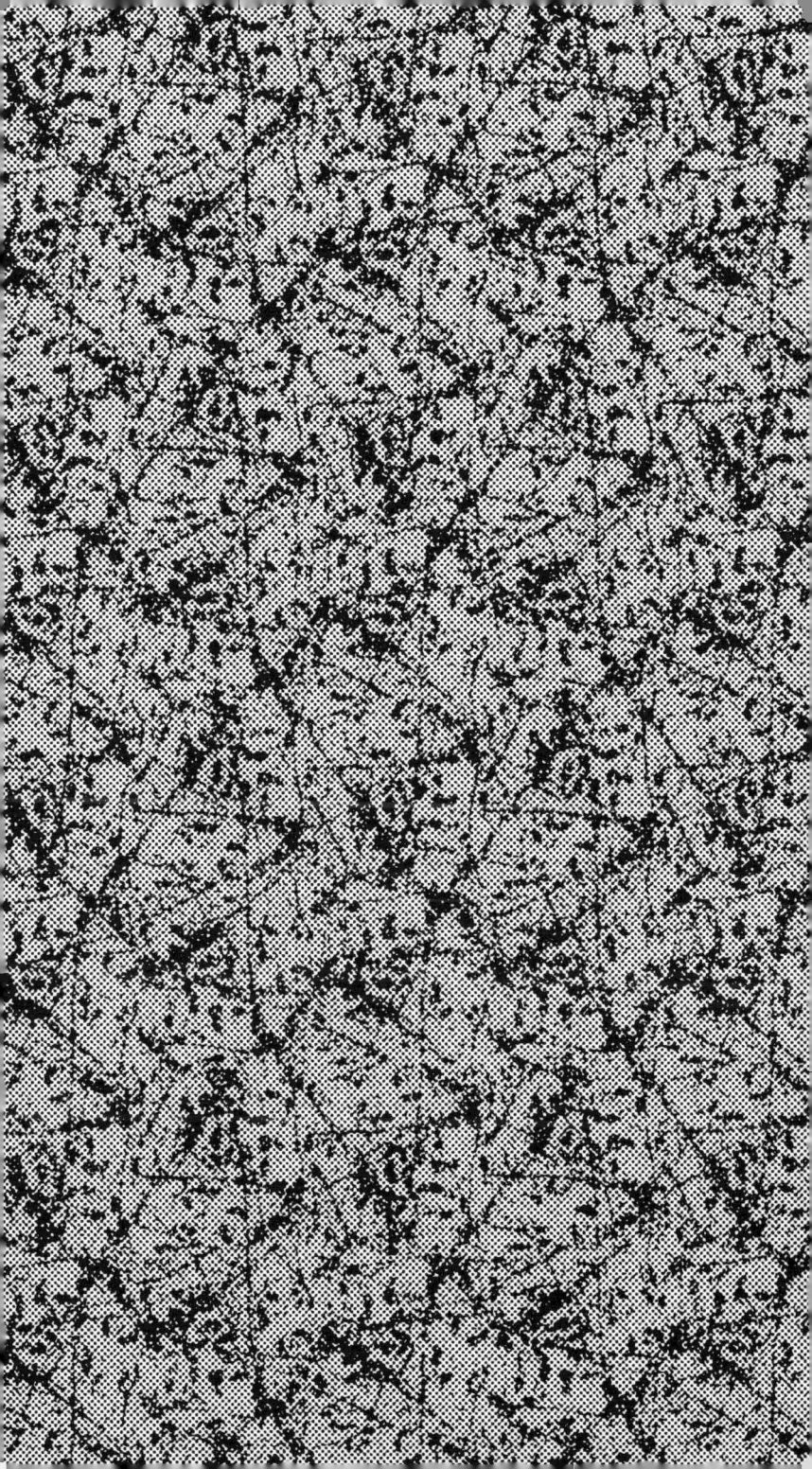

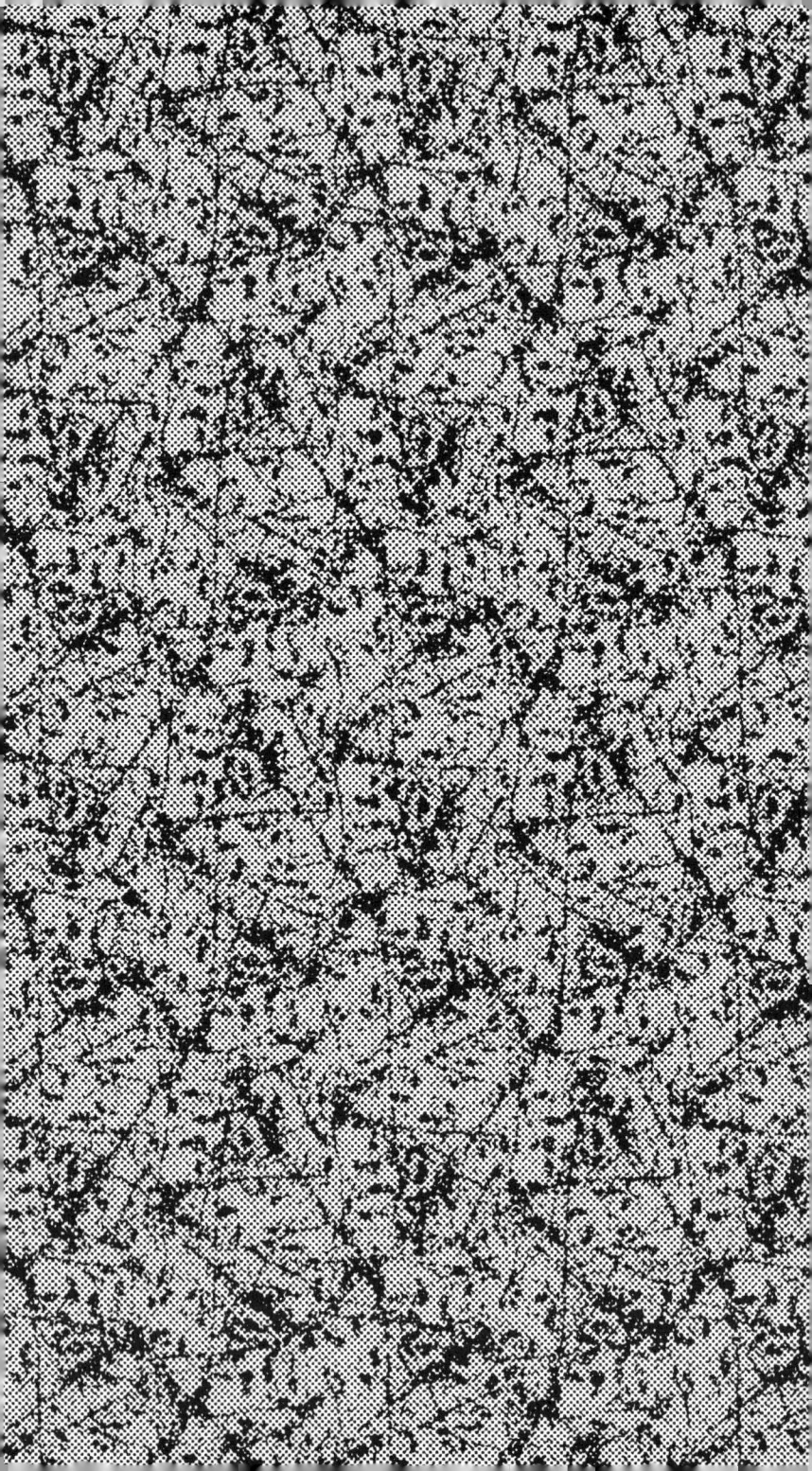

응급실에서 아마도 3주쯤 일했을 때였다. 1973년 여름이 끝나기 전이었다. 야간 근무를 할 때는 주간 근무에서 넘어온 보험 관련 서류를 정리하는 것 말고는 딱히 할 일이 없었다. 나는 관상 동맥 집중치료실과 구내식당 등을 돌아다니며 꽤 친하게 지내던 간호조무사 조지를 찾기 시작했다. 그는 약제실에서 자주 약을 훔쳤다.

조지는 대걸레를 들고 수술실 타일 바닥 위를 뛰어다니고 있었다. "아직도 이러고 있어?" 내가 물었다.

"미치겠다. 피가 너무 많잖아." 그가 투덜거렸다.

"어디?" 내가 보기에 바닥은 그럭저럭 깨끗했다.

"대체 여기서 무슨 짓을 한 거지?" 조지가 내게 물었다.

"수술을 했겠지, 조지." 내가 일러 주었다.

"우리 몸속에는 끈적한 물질이 엄청 많은데, 전부 다 밖으로 나오지 못해서 안달이야." 그는 그렇게 말하며 대걸레를 캐비닛에 기대어 놓았다.

"그런데 왜 울어?" 나는 이해할 수 없었다.

그는 가만히 서서 머리 뒤로 천천히 두 팔을 올리고는 묶은 머리를 더 꽉 조였다. 그런 뒤 다시 대걸레를 잡더니 몸을 가늘게 떨면서 흐느꼈고, 아주 빠르게 돌아다니며 대걸레를 포물선 모양으로 마구 휘두르기 시작했다. "내가 왜 **우냐**고? 돌겠네. 와, 진짜

미치겠다." 그가 말했다.

나는 응급실에서 몸을 떠는 습관이 있는 뚱뚱한 간호사와 노닥거리고 있었다. 모두가 싫어하는 일반의가 들어와 청소를 시키려고 조지를 찾았다. "조지 어디 있어요?" 의사가 물었다.

"수술실에요." 간호사가 대답했다.
"또?"
"아뇨. 아까부터 계속." 간호사가 말했다.
"아까부터 계속? 뭘 하는데요?"
"바닥 닦아요."
"또?"
"아뇨, 아까부터요." 간호사가 다시 말했다.

수술실에 가 보니 조지는 대걸레를 던져 놓고 어린애가 기저귀에 똥을 누듯 엉거주춤 서 있었다. 그는 입을 헤벌린 채 겁에 질려 아래를 내려다보며 말했다.

"씨발, 이 **신발** 어떡해?"
"뭘 훔쳤는지 몰라도 벌써 다 털어 먹은 모양이네. 안 그래?" 내가 말했다.
"신발이 끽끽거리잖아. 들어 봐." 그는 뒤꿈치를 딛으며 조심스럽게 걸어 다녔다.

"너 주머니 좀 보자."

그가 잠깐 똑바로 서자 나는 그가 숨겨 놓은 약을 뒤졌다. 무슨 약인지 몰라도 두 개씩은 남겨 주었다.
"근무 시간 절반은 지나갔어." 내가 그에게 말했다.

"잘됐네. 난 지금 술이 진짜 진짜 진짜 간절하거든. 이 피 닦는 것 좀 도와줄래?"

새벽 3시 30분쯤 눈에 칼이 꽂힌 남자가 조지의 안내를 받으며 들어왔다.

"설마 **네가** 이런 건 아니겠지?" 간호사가 말했다.

"제가요? 아니에요. 이런 상태로 왔어요." 조지가 대답했다.

"우리 마누라가 그랬어요." 남자가 말했다. 칼은 그의 왼쪽 눈 바깥쪽 끝에 자루가 있는 부분까지 박혀 있었다. 사냥칼 같았다.

"여기까지 누가 데려왔어요?" 간호사가 물었다.

"혼자 걸어왔어요. 겨우 세 블록 거리거든요." 남자가 대답했다.

간호사는 그를 살폈다. "일단 누워야 할 것 같네요."

"그러죠. 그런 거라면 얼마든지." 남자가 말했다.

간호사는 그의 얼굴을 좀 더 들여다보며 물었다.

"혹시 다른 눈은 유리 의안이에요?"

"플라스틱이나 뭐 그런 종류일 겁니다." 남자가 말했다.

"이 눈으로 앞이 보여요?" 간호사가 다친 눈을 가리켜 물었다.

"보여요. 하지만 칼 때문에 뇌가 잘못됐는지 왼손 주먹이 안 쥐어져요."

"저런." 간호사가 말했다.

"제가 의사를 불러올게요." 내가 제안했다.

"그래 줄래?" 간호사가 동의했다.

남자가 침대에 눕자 조지가 환자에게 물었다. "성함이?"

"테런스 웨버."

"환자분 얼굴이 컴컴해요. 뭐라고 하시는지 안 보여요."

"조지." 내가 끼어들었다.

"뭐라고 하시는 거죠? 안 보여요."

간호사가 오자 조지가 그녀에게 말했다. "이분 얼굴이 컴컴해요."

간호사는 환자에게로 몸을 굽혔다. "이렇게 된 지 얼마나 됐어요, 테런스?" 그녀는 그의 얼굴을 내려다보며 소리쳤다.

"얼마 안 됐어요. 마누라가 이래 놨네요. 제가 자고

있을 때." 환자가 말했다.

"경찰도 부를까요?"

남자는 잠시 생각하다가 마침내 입을 열었다. "제가 죽지만 않으면 그냥 두세요."

간호사가 벽에 설치된 구내전화로 가서 당직 의사를 호출했다. 아까 그 일반의였다. "깜짝 선물이 왔네요." 간호사가 전화에 대고 말했다. 의사는 복도를 느릿느릿 걸어왔다. 자기를 싫어하는 간호사가 그렇게 들뜬 목소리로 말했다는 건 자기 능력 밖의 일이 벌어졌다는 뜻이었고, 그건 곧 굴욕을 당하게 되리라는 뜻이었기 때문이다.

외상실을 막 들여다본 그의 눈에 들어온 상황은 이랬다. 얼굴에 칼이 꽂힌 환자와 약에 취한 채로 나란히 서서 환자를 내려다보는 간호조무사 조지와 실습생, 그러니까 나.

"저 중에 뭐가 진짜 문젤까?" 그가 말했다.

의사는 우리 셋을 사무실에 모아 놓고 말했다. "이렇게 합시다. 일단 팀을 꾸려야 해요. 온전한 팀. 실력 있는 안과 의사가 필요합니다. 아주 훌륭한 의사. 최고의 안과 의사요. 신경외과 의사도 필요합니다. 정말 실력 있는 마취과 의사, 천재 같은 마취과 의사도 있어야 하고요. 난

저 환자한테 손대지 않을 겁니다. 그냥 지켜보고만 있을 거예요. 내 한계를 아니까. 일단 환자가 수술받을 수 있게 준비합니다. 조무사!"

"저요? 저더러 환자의 수술 준비를 하라고요?"

조지의 말에 의사가 되물었다.

"지금 여기 병원 아니야? 응급실 아니야? 저 사람 환자 아니야? 당신 조무사 아니야?"

나는 병원 담당자에게 전화해 안과 의사와 신경외과 의사, 마취과 의사를 불러 달라고 했다.

복도 건너편에서 조지가 손을 씻으며 닐 영의 노래를 흥얼거리는 소리가 들렸다. "안녕, 모래밭의 목동 아가씨, 당신이 이곳의 주인인가요?"

"저놈은 정상이 아니에요. 완전히 돌았다고요." 의사가 말했다.

"제 지시를 따르기만 하면 저는 상관 안 해요." 간호사는 작은 종이컵에 담긴 무언가를 숟가락으로 떠먹으며 말했다. "저한테는 제 인생하고 우리 가족의 안전이 먼저니까요."

"알았어요, 알았어. 흥분하지 마세요." 의사가 말했다.

안과 의사는 휴가인지 뭔지를 떠나고 없었다. 담당자는 그만큼 실력 있는 사람을 찾기 위해 전화를 돌리고 있었고, 그사이 다른 전문의들이 밤의 어둠을 뚫고 서둘러 우리에게 합류했다. 나는 그곳을 서성거리며 차트를 훑어보고 조지가 훔친 알약을 씹었다. 어떤 건 지린내와 비슷한 맛이 났고 어떤 건 탄 맛이 났으며 어떤 건 분필 맛이 났다. 집중치료실에서 환자를 돌보던 의사 두 명과 다른 간호사들도 이쪽으로 와서 우리와 함께 서성거렸다.

테런스 웨버의 뇌에 박힌 칼을 어떻게 뺄 것인가를 놓고 모두가 제각기 다른 의견을 내놓았다. 그러던 중에 환자의 눈썹을 깎고 상처 부위를 소독하는 등의 준비를 하러 갔던 조지가 일을 끝내고 들어왔는데, 왼손에 사냥칼을 들고 있는 듯 보였다.

대화가 뚝 끊겼다.

"그거 어디서 났어?" 마침내 의사가 물었다.

꽤 오랫동안 아무도 말을 하지 않았다.

얼마 후 집중치료실 간호사 한 명이 말했다. "너 신발 끈 풀어졌다." 조지는 칼을 차트 위에 내려놓고 허리를 굽혀 끈을 묶었다.

아직 20분을 더 버텨야 했다.

"그 사람은 어때?" 내가 물었다.

"누구?" 조지가 되물었다.

알아보니 테런스 웨버는 여전히 한쪽 눈이 아주 잘

보였고 처음에 털어놓은 것과는 달리 운동 기능과 반사 작용도 그럭저럭 괜찮았다. 간호사가 말했다. "활력 징후는 정상이에요. 아무 문제도 없어요. 가끔 이런 일도 있죠."

그렇게 한동안 일하다 보면 여름이라는 사실도 잊어버린다. 아침이 어땠는지도 기억나지 않는다. 나는 연이어 두 번 근무를 하고 중간에 8시간 쉬었다. 그사이에는 간호사실에 있는 들것에서 잠을 잤다. 그날은 조지가 훔친 약을 먹은 탓에 거대한 헬륨 풍선이 된 기분이 들었지만 정신은 말똥말똥했다. 조지와 나는 주차장으로 나가 그의 주황색 픽업트럭으로 갔다.

    우리는 트럭 뒤에 실린 먼지 덮인 합판 위에 누웠다. 햇살이 우리의 눈꺼풀을 후려쳤고 혀에서는 진한 자주개자리 맛이 느껴졌다.

    "교회에 가고 싶어." 조지가 말했다.

    "농산물 박람회에 가자."

    "기도하고 싶어. 진짜로."

    "다친 매와 독수리도 있어. 동물 애호 협회가 데려오거든." 내가 말했다.

    "지금 나한테 필요한 건 조용한 예배당이야."

조지와 나는 트럭을 타고 신나게 돌아다녔다. 한동안 날씨는 맑고 평화로웠다. 오래도록 담아 놓게 되는, 과거와 미래의 골칫거리를 내던질 수 있는 그런 날이었다. 하늘이 파랗고 죽은 자들이 돌아오는 날. 늦은 오후가 되면 농산물 박람회가 슬프게 체념하며 젖가슴을 드러내는 날. LSD 신봉자이자 '사랑의 세대' 지도자로 유명한 인물이† 가축우리 왼쪽에서 방송국 사람들에 에워싸인 채 인터뷰를 하고, 그의 눈동자는 장난감 가게에서 산 것 같고, 그 괴이해진 얼굴을 가만히 연민하는 나 역시 그에 못지않게 LSD를 많이 복용했었다는 사실은 미처 떠올리지 못하는, 그런 날.

그 후 우리는 길을 잃었다. 몇 시간을, 꼬박 몇 시간을 달렸지만 시내로 돌아오는 길을 찾지 못했다.

조지가 투덜거리기 시작했다. "그렇게 형편없는 박람회는 처음이야. 놀이기구는 왜 하나도 없어?"

"있던데." 내가 말했다.

"난 하나도 못 봤는데."

---

† 티모시 리어리 Timothy Francis Leary(1920~1996). LSD를 비롯한 마약 복용 문화를 이끌어 히피 세대의 영웅으로 대접받았던 인물이다.

토끼 한 마리가 앞으로 뛰어들어 우리 트럭과 충돌했다.

"회전목마랑 대관람차, 타고 나면 다들 허리를 굽히고 속을 게우는 해머라는 기구도 있었어." 내가 말했다. "너 눈이 완전히 멀었냐?"

"방금 뭐야?"

"토끼."

"뭔가 쿵 했는데."

"네가 토끼를 쳤어. 쿵 한 게 **토끼**였다고."

조지는 브레이크를 밟으며 일어섰다. "토끼 스튜다."

그는 후진 기어를 넣더니 갈지자로 토끼를 향해 후진했다. "내 사냥칼 어디 갔어?" 그는 그 가엾은 동물을 또 한 번 칠 뻔했다.

"같이 들판에서 야영하자. 아침으로 토끼 뒷다리를 뜯는 거지." 그가 테런스 웨버의 사냥칼을 휘두르는 모습은 위험해 보였다.

이윽고 그는 들판 가장자리에 서서 작고 여윈 토끼의 배를 가르고 내장을 꺼내 던졌다. "난 의사가 됐어야 했어." 그가 소리쳤다.

꽤 오랫동안 다른 차가 한 대도 안 보였는데, 커다란 닷지 한 대가 속도를 늦추더니 그 안에 탄 가족이 창밖을 내다보았다. 그중 아빠가 말했다. "뭡니까, 뱀이에요?"

"아뇨. 뱀은 아니고요. 새끼를 밴 토끼네요." 조지가 말했다.

"새끼를 뱄대!" 엄마가 말하자 아빠는 속도를 높여 지나갔다. 뒷자리에서 어린아이 몇 명이 항의하는 소리가 들렸다.

조지는 내가 있는 트럭 조수석 쪽으로 왔다. 사과라도 담은 듯 셔츠 자락을 앞으로 당겨 들고 있었지만 사실 그 안에 들어있는 건 끈적거리는 새끼 토끼들이었다. "난 애들 절대 안 먹을 거야." 내가 말했다.

"일단 받아. 어서. 난 운전해야 하니까 받으라고." 그는 내 무릎에 새끼들을 쏟아 놓고는 운전석에 올라탔다. 득의양양한 얼굴로 출발한 그는 점점 속도를 높이며 말했다. "우린 어미를 죽이고 새끼들을 구했어."

"늦었어. 시내로 들어가자." 내가 말했다.

"좋았어." 100킬로미터, 110킬로미터, 135킬로미터, 140킬로미터를 넘어갔다.

"이 토끼들을 따뜻하게 해 줘야 할 것 같아." 나는 그 작은 녀석들을 한 마리씩 내 셔츠 단추 사이로 넣어 배에 품었다. "거의 안 움직여." 내가 조지에게 말했다.

"우리가 우유랑 설탕이랑 먹여서 키우자. 고릴라만큼 커질 거야."

우리가 길을 잃은 도로는 세상 한가운데로 곧게 뻗어

있었다. 아직 낮이었지만 태양은 이제 장식품이나 스펀지 이상의 빛을 내지 못했다. 환한 주황색으로 빛나던 트럭 후드가 짙은 푸른색으로 바뀌었다.

조지는 천천히, 천천히 갓길로 향했다. 잠이 들었거나 길 찾기를 포기한 사람처럼.

"왜 그래?"

"이제 못 가. 이 차엔 헤드라이트가 없어." 조지가 말했다.

우리는 희끄무레한 반달을 기워 붙여 놓은 듯한 기이한 하늘 아래 차를 세웠다.

옆에는 작은 숲이 있었다. 오늘 낮은 건조하고 뜨거웠고, 커다란 소나무와 뭔지 모를 나무들은 참을성 있게 그 무더위를 견뎠지만, 우리가 그 숲에 앉아 담배를 피우는 동안 주위는 급격히 추워지기 시작했다.

"여름이 다 갔네." 내가 말했다.

북극 구름이 중서부로 내려와 9월에 2주간 겨울이 찾아온 그해였다.

"눈이 올 것 같지 않아?" 조지가 내게 물었다.

그의 말이 맞았다. 청회색 먹구름이 몰려들고 있었다. 우리는 어리석게도 밖으로 나가 돌아다녔다. 얼마나 아름다운 추위인가! 불현듯 찾아온 상쾌한 기운, 톡 쏘는 상록수의 향기!

어둠이 내려앉는 사이 우리의 머리 주위에서 눈보라가 소용돌이쳤다. 나는 트럭을 찾을 수 없었다. 우리는 점점 더 미로 속으로 빠져들고 있었다. 나는 몇 번이고 "조지, 보여?" 하고 외쳤고 그때마다 조지는 "뭐가? 뭐가 보이냐는 거야?" 하고 답했다.

보이는 빛이라고는 구름의 가두리 밑으로 가물거리는 한 줄기 저녁노을뿐이었다. 우리는 그쪽으로 향했다.

완만한 언덕을 내려가자 군 묘지인 듯 보이는 넓은 벌판이 나타났다. 똑같이 생긴 밋밋한 묘비가 군인들의 무덤 위에 줄지어 늘어서 있었다. 나는 이 공동묘지를 본 적이 없었다. 묘지 반대편을 보니 눈의 장막 너머에 하늘이 열려 있었고, 그 안에 펼쳐진 환하고 푸른 여름 속에서는 천사들이 연민 가득한 커다란 얼굴에 빛을 받으며 내려오고 있었다. 그들을 보는 순간 가슴이 덜컥 내려앉고 등골이 오싹해졌다. 장에 뭔가가 남아 있었다면 겁에 질려 바지에 싸고 말았을 것이다.

조지가 두 팔을 벌리며 소리쳤다. "자동차 극장이야!"

"자동차……." 그 말이 머리에 얼른 들어오지 않았다.

"이 지랄 같은 눈보라 속에 영화를 켜 놨어!" 조지가 소리쳤다.

"아 그래. 난 다른 건 줄 알았어." 내가 말했다.

우리는 조심조심 내려가서 부서진 울타리를 넘어 극장 맨 안쪽으로 들어가 섰다. 내가 묘비로 착각한 스피커들에서 일제히 웅얼거리는 소리가 들렸다. 뒤이어 쟁쟁거리는 음악이 나왔고 나는 가까스로 그 선율을 알아들었다. 유명한 영화배우들이 커다랗고 사랑스러운 입으로 웃음을 터트리며 강가에서 자전거를 타고 있었다. 영화를 보러 온 사람이 있었다고 해도 눈보라가 시작되면서 모두 떠난 것 같았다. 차는 한 대도 남아 있지 않았다. 누군가가 지난주에 두고 갔을 법한 고장난 차도, 연료가 떨어져서 버리고 간 차도 없었다. 얼마 후 스퀘어 댄스 파티가 한창일 때 스크린이 검게 변하더니 영화 속의 여름도 끝이 났다. 하얀 눈은 어두워졌고 내 입김 말고는 아무것도 보이지 않았다.

"이제 다시 보이기 시작하네." 잠시 후 조지가 말했다.

과연 그랬다. 잿빛으로 뭉뚱그려져 있던 것들이 다양한 형체로 변하기 시작했다. "하지만 어떤 게 가까이 있고 어떤 게 멀리 있는 걸까?" 나는 그에게 집요하게 물었다.

우리는 젖은 신발을 신고 수없이 왔다 갔다 하며 시행착오를 겪은 끝에 트럭을 찾았고 그 안에 앉아 오들오들 떨었다.

"여기서 벗어나자." 내가 말했다.

"헤드라이트 없이는 아무 데도 못 가."

"돌아가야 된다고. 집에서 너무 멀리 왔어."

"그렇진 않아."

"500킬로미터는 왔을걸."

"여긴 시내 바로 외곽이라고, 꼴통 새끼야. 그냥 주변을 빙빙 돈 것뿐이라고."

"이런 데서 잘 수는 없어. 저쪽에서 주간 고속도로 소리가 들리는데."

"밤이 깊어질 때까지만 있을 거야. 그때 돌아가면 돼. 그땐 아무한테도 안 보일 거니까."

우리는 샌프란시스코에서 펜실베이니아까지 이어진 주간 고속도로를 달려가는 대형 트레일러 트럭 소리를 들었다. 기다란 쇠톱으로 금속을 절단하는 소리 같았다. 그렇게 우리는 눈에 파묻혀 갔다.

마침내 조지가 말했다. "토끼들한테 우유 먹이자."

"**우유**가 없잖아." 내가 말했다.

"설탕도 섞어서 먹이자."

"우유 얘기 그만하면 안 되냐?"

"어쨌든 포유류잖아."

"토끼 얘기 그만하라고."

"그런데 어디 있어?"

"내 말 안 들려? '토끼 얘기 그만' 하라니까."

"어디 있냐고?"

사실은 내가 까맣게 잊은 탓에 전부 죽었다.

"내 뒤쪽으로 미끄러져서 깔렸어." 내가 울먹이며 말했다.

"**뒤로** 미끄러졌다고?"

그는 내가 토끼들을 등 뒤에서 꺼내는 모습을 지켜보았다.

나는 한 마리씩 집어 두 손 위에 올려놓았고 우리는 함께 그들을 바라보았다. 모두 여덟 마리였다. 내 손가락만큼 작았지만 있을 건 다 있었다.

작은 발! 눈꺼풀! 수염까지도!

"죽었네."

내 말에 조지가 물었다.

"네가 만지는 건 다 망가지나 봐? 항상 그래?"

"그러니까 다들 날 꼴통이라고 부르지."

"그런 별명은 끝까지 따라다니는데."

"나도 알아."

"'꼴통'은 네 무덤까지 따라갈 거야."

"내가 방금 그렇게 말했잖아. 이미 네 말에 동의한 거라고." 내가 말했다.

어쩌면 그날은 눈이 온 날이 아닐지도 모른다.

어쩌면 우리가 트럭에서 잠을 자다가 내가 돌아누울 때 토끼들이 깔렸는지도 모른다. 그런 건 중요하지 않다. 지금 내가 기억해야 할 중요한 사실은 다음 날 이른 아침 앞 유리에 덮여 있던 눈이 녹고 햇살이 나를 깨웠다는 것이다. 안개가 모든 것을 뒤덮더니 햇살이 비추면서 날카롭고 기이하게 변하기 시작했다. 어쩌면 토끼 사건은 그 이후에 일어난 걸지도 모르겠다. 혹은 그 전에 일어났지만 이미 다 잊은 걸수도 있었다. 어쨌든 그때 내 머릿속엔 아무것도 없었다. 나는 아침의 아름다움을 느꼈다. 물에 빠져 죽어 가는 사람이 문득 극심한 갈증이 해소됐다고 느낄 때와 비슷한 기분이 아닐까 싶었다. 혹은 노예가 자기 주인과 친구가 되었을 때. 조지는 핸들에 얼굴을 박은 채 자고 있었다.

    나는 자동차 극장 스피커들의 기둥에 꽃처럼 풍성하게 피어 있는 눈송이를 보았다. 아니, 늘 거기 있었던 꽃이 드러난 것이었다. 수놈 엘크 한 마리가 울타리 저편 들판에 가만히 서서 권위와 어리석음을 뿜어 내고 있었다. 코요테 한 마리가 초원을 달려 어린 나무들 속으로 사라졌다.

그날 오후 우리는 다시 근무 시간에 맞춰 돌아갔고 모든 것이 재개되었다. 마치 멈춘 적이 없던 것처럼, 우리가 아무 데도 가지 않았던 것처럼.

구내방송이 나왔다. "하느님은 나의 목자시니." 가톨릭 병원이라 매일 저녁 "하늘에 계신 하느님 아버지" 따위의 방송이 나왔다.

"네, 네, 알겠다고요." 간호사가 말했다.

머리에 칼이 박혔던 남자 테런스 웨버는 저녁 시간쯤 퇴원했다. 병원에서는 그를 하룻밤 지켜보고 안대를 주었다. 하지만 사실 그걸 줘야 할 만한 이유는 없었다.

그는 인사를 하러 응급실에 들렀다. "약 때문에 뭘 먹어도 이상한 맛이 나네요." 그가 말했다.

"그만하길 다행이에요." 간호사가 말했다.

"혀에서도 그 맛이 나요."

"눈이 멀거나 죽지 않은 게 기적이라니까요." 간호사가 다시 말했다.

환자는 나를 알아보았다. 그는 빙긋 웃으며 내게 말했다. "내가 일광욕하는 옆집 여자를 훔쳐봤거든요. 그래서 마누라가 눈을 멀게 하려고 그런 거예요."

그는 조지와도 악수를 했다. 조지는 그를 몰랐다. "그런데 누구실까요?" 그가 테런스 웨버에게 물었다.

몇 시간 전 조지는 우리 사이의 차이를 완벽히 설명하는 말을 불쑥 내뱉었다. 우리는 평지를 가로지르는 구도로를 달려 시내로 돌아오는 길이었다. 우리는 히치하이커를 태웠다. 내가 아는 청년이었다. 우리가 트럭을 세우자 청년은 화산 주둥이에서 기어 나오는 사람처럼 들판에서 느릿느릿 일어났다. 그의 이름은 하디였다. 우리 꼴도 엉망이었겠지만 그는 그보다 더 엉망이었다.

"우린 길을 잃어서 밤새 트럭에서 잤어." 내가 하디에게 말했다.

"그런 것 같네. 그래서인지 아니면 운전을 오래 해서인지는 모르겠지만." 하디가 말했다.

"그런 영향도 있지." 내가 말했다.

"아니면 아프거나 병에 걸렸거나 다른 이유이거나."

"누구야?" 조지가 물었다.

"하디야. 지난여름에 나하고 같이 살았어. 내가 문 앞에서 이 친구를 발견했거든. 네 개는 어떻게 됐어?"

내가 하디에게 물었다.

"아직 저 밑에 있어."

"맞다. 너 텍사스로 갔다고 들었는데."

"양봉장에서 일했어." 하디가 말했다.

"와. 벌이 막 쏘지 않아?"

"네가 생각하는 것처럼 그렇진 않아. 벌들한테 양봉은 그저 일과일 뿐이야. 그 모든 게 조화로운 삶을 이루는 거지." 하디가 설명했다.

창밖으로 똑같은 들판이 반복해서 우리의 얼굴을 지나갔다. 구름 한 점 없고 눈부신 날이었다. 그러다 조지가 우리 앞을 가리키며 말했다. "저거 봐."

텅 빈 하늘에서 별 하나가 환한 푸른색으로 강렬하게 빛나고 있었다.

내가 하디에게 말했다. "너인 줄 바로 알았어. 그런데 머리는 왜 그래? 누가 그렇게 깎았어?"

"말하기 싫어."

"뭔가 있군."

"징집됐어."

"설마."

"설마는. 난 탈영병이야. 폐급 탈영병. 난 캐나다로 가야 해."

"큰일이네." 내가 하디에게 말했다.

"걱정 마요. 우리가 가게 해 줄게요." 조지가 말했다.

"어떻게요?"

"어떻게든. 내가 아는 사람들이 있거든요. 걱정 마요. 이제 캐나다로 가는 거예요."

그 세계! 이제는 모든 것이 지워졌고 그들은 그 세계를 두루마리처럼 말아 어딘가에 처박아 놓았다. 아직 손을 뻗으면 느낄 수 있다. 하지만 어디 있는 걸까?

잠시 후 하디가 조지에게 물었다. "무슨 일을

하는데요?" 그러자 조지가 말했다. "생명을 구해요."

응급실

나는 빠르게 달리는 열차의 맨 앞자리에 하루 종일 앉아 있는 게 좋았다. 루프† 북쪽의 건물들을 스치듯 지나가는 게 좋았고, 더 북쪽으로 올라갈수록 건물들이 사라지고 폭격을 맞은 듯 황폐한 지역이 드러나는 모습은 더욱 좋았다. 그곳에도 사람들이 살고 있었다(안이 훤히 들여다보이는 지저분한 부엌에서 입안으로 수프를 떠올리는 사람이나 마룻바닥에 엎드려 텔레비전을 보는 열두 명의 아이들이 차창 너머에 등장했고, 그러다 곧 그 모든 게 사라지더니 혀로 요염하게 윗입술을 핥으며 윙크하는 여자가 담긴 영화 광고판이 나타났고, 다시 터널이 그 여인을 지우면서 머리 주위로 **덜컹**하는 소음과 함께 어둠이 내려앉았다).

나는 스물다섯 혹은 스물여섯 살이었다. 담배 때문에 손끝이 온통 누렇게 변해 있었다. 내 여자 친구는 아이를 가졌다.

열차 요금은 50센트, 아니 90센트, 어쩌면 1달러였다. 잘 기억나지 않는다.

---

† Loop. 시카고 중심의 상업 지역을 일컫는 말로, 이 지역에서 방사형으로 뻗어 나간 고가 철도 체계인 'L'의 철로가 고리처럼 생겼다는 데서 유래했다.

낙태 병원 앞에서 피켓 시위자들이 우리에게 성수를
뿌리고 손으로 묵주를 돌렸다. 문으로 이어지는 큰
계단을 올라가자 시커먼 안경을 쓴 남자가 미셸에게
다가오더니 귀에 대고 나직이 속삭였다. 아마 기도를
했을 것이다. 그의 기도에는 어떤 말이 담겨 있었을까?
미셸에게 물어볼 수도 있었다. 하지만 지금은 겨울이고
주변 산에는 눈이 높고 깊게 쌓여 있으며 이제 다시는
그녀를 찾을 수가 없다.

    미셸은 3층에 있는 간호사에게 예약증을 건넸다.
그녀와 간호사가 함께 커튼 뒤로 사라졌다.

    나는 복도를 건너 정관 절제술에 관한 짧은 영상이
나오는 곳으로 갔다. 나중에 미셸에게 나는 오래전 정관
절제술을 받았으니 아이 아빠는 다른 사람일 거라고
말했다. 한번은 내가 불치의 암에 걸렸고 곧 세상을 떠나
영원히 사라질 거라고 말했다. 하지만 내가 무슨 말을
해도, 아무리 극적이고 끔찍한 말을 생각해 내도 그녀는
기분이 누그러지거나, 맨 처음 나를 잘 모를 때 그랬던
것처럼 나를 사랑하지 않았다.

    어쨌든 그 병원은 복도 건너편에서 제각기 여자를
기다리는, 나를 포함한 남자 두서너 명에게 영상을 보여
주었다. 미셸과 다른 여자들, 그리고 조그만 태아들이
겪고 있을 일을 생각하니 겁이 나서 화면이 뿌옇게

보였다. 영화가 끝나자 나는 한 남자와 정관 절제술에 관해 얘기했다. 콧수염을 기른 남자. 나는 그가 마음에 들지 않았다.

"확신이 있어야 합니다." 그가 말했다.

"다시는 아무도 임신시키지 않을 겁니다. 이제 그 정도는 알겠어요."

"예약하시겠어요?"

"돈은 대 주시나요?"

"그런 돈은 금방 모을 겁니다."

"저는 그런 돈을 모으려면 엄청 오래 걸릴 거라서요." 내가 반박했다.

그 후 나는 복도 건너편에 있는 대기실에 앉아 있었다. 45분 뒤 간호사가 나오더니 내게 말했다. "미셸은 이제 편안해졌어요."

"죽었나요?"

"물론 그건 아니고요."

"그랬으면 좋겠다 싶기도 하네요."

간호사는 경악하는 듯했다. "무슨 말씀을 하시는지 모르겠네요."

나는 미셸을 보려고 커튼 안쪽으로 들어갔다. 그녀에게서 지독한 냄새가 났다.

"좀 어때?"

"괜찮아."

"저 사람들이 널 뭘로 쑤셨어?"

"뭐?" 미셸이 되물었다. "**뭐**라고?"

간호사가 말했다. "그만 나가요. 나가라고요."

간호사는 커튼 밖으로 나가더니 빳빳한 흰 셔츠를 입고 가짜 금배지를 단 덩치 큰 흑인 사내를 데리고 들어왔다. "이분은 이 안에 있을 필요가 없어요." 간호사가 사내에게 말한 뒤 나를 보며 다시 말했다. "밖에서 기다려 주시겠어요?"

"네, 네, 그러죠." 나는 커다란 계단을 내려가 건물 앞에 서서 다시 말했다. "네, 네, 그러죠. 네, 네, 네, 네."

밖에는 비가 오고 있었고 가톨릭교도 시위자들은 대부분 비를 피하려고 피켓을 머리 위에 얹은 채 옆 건물 차양 아래 쪼그리고 있었다. 그들이 내 **뺨**과 목덜미에 성수를 뿌렸지만 나는 아무것도 느끼지 못했다. 몇 년 동안 계속 그랬다.

고가 열차를 타고 돌아다니는 것 말고는 달리 할 수 있는 일이 없었다.

나는 문이 막 닫히는 순간에 열차에 올랐다. 마치 열차가 나를 기다리고 있었다는 듯이.

온 세상이 눈뿐이라면 어떨까? 어디든 눈으로 뒤덮여 있고 아무리 멀리 가도 추위와 새하얀 풍경만 가득하다면? 나는 그저 내 감각을 믿고 그 겨울 속을 나아가는 것이다. 흰 나무숲에 도달할 때까지. 그리고 그곳에서 그녀가 나를 받아 준다.

날카로운 바퀴 소리가 들리고 갑자기 사람들의 크고 추한 신발이 시야에 들어왔다. 소리가 그쳤다. 우리는 외딴 풍경, 괴로운 풍경을 지나갔다.

몇몇 동네를 통과하고 승강장을 지나면서 이루지 못한 삶의 꿈이 나를 따라오는 것을 느꼈다. 그렇다, 망령처럼. 흔적처럼. 남은 무언가처럼.

어느 정거장에서 열차 문에 문제가 생겼다. 우리는 늦었다. 어쨌든 목적지가 있는 사람이라면 늦었을 것이다. 열차는 불안하게 잠을 자며 기다리고 기다렸다. 그러다 나지막이 웅웅거리기 시작했다. 열차는 움직이기 전에 곧 움직일 거라는 신호를 보낸다.

문이 막 닫히려 할 때 한 남자가 올라탔다. 열차는 여태 그 사람을 기다리고 있었다. 그가 도착하자 단 1초도, 아니 0.5초도 지체하지 않고 수정처럼 단단하던 신비로운 타성을 깼던 것이다. 우리는 그를 태웠고 그래서 움직이기 시작했다. 남자는 자신의 중요성을 전혀 모르는 채 열차 앞쪽에 앉았다. 강 건너에서 어떤 불행한, 혹은 어떤 행복한 운명이 그를 기다리고 있을까?

나는 그를 따라가기로 했다.

그는 몇 정거장 지나서 내렸고 똑같이 생긴 나지막한 브라운스톤 건물이 줄지어 늘어선 단지로 향했다.

어깨를 움츠리고 턱을 율동적으로 내밀며 튕기듯이 걷는 사람이었다. 좌우는 보지 않았다. 이 길을 1만 2천 번쯤 걸은 것 같았다. 반 블록 떨어져 따라가는 나를 알아채지도 느끼지도 못했다.

그곳은 폴란드인 거주지인가, 아마 그랬을 것이다. 폴란드인 거주지에는 꼭 그런 눈이 내린다. 그들은 꼭 그런 빛을 머금은 과일을 먹고, 다른 어디서도 찾을 수 없는 그런 음악을 듣는다. 우리가 도착한 곳은 빨래방이었다. 남자는 셔츠를 벗어 세탁기에 넣고 동전을 넣는 자동판매기에서 종이컵에 나오는 커피를 뽑았다.

남자는 샤크스킨 스포츠 재킷만 걸친 채 돌아다니면서 벽에 붙은 공지문을 읽고 덜덜거리는 세탁기를 지켜보았다. 그의 가슴은 희고 좁았고 작은 젖꼭지 주위에 털이 나 있었다.

빨래방에는 다른 사내도 두어 명 있었다. 남자는 그들과 잠시 얘기를 나눴다. 한 명이 말하는 소리가 들렸다. "경찰이 베니를 찾더라."

"왜? 베니가 뭘 했는데?"

"후드를 쓰고 있었나 봐. 경찰이 후드 쓴 남자를 찾고 있었거든."

"베니가 뭘 어쨌는데?"

"아무것도 안 했어. 어젯밤에 어떤 남자가 살해됐대."

그때 내가 뒤를 밟은 남자가 내게로 곧장 걸어왔다. "아까 그 열차에 탔던 놈이잖아." 그가 말했다. 그는 컵을 들어올려 커피 한 모금을 입술 사이로 홀짝였다.

나는 목이 꽉 막히는 느낌이 들어 돌아섰다. 별안간 발기가 되었다. 남자가 남자에게 그럴 수 있다는 건 알았지만 내가 그럴 줄은 몰랐다. 그의 가슴은 예수 그리스도의 가슴 같았다. 틀림없이 그는 예수 그리스도였을 것이다.

나는 열차에서 누구라도 따라 내릴 수 있었다. 누구였더라도 똑같았을 것이다.

나는 다시 고가 열차를 타고 좀 더 돌아다녔다.

미셸과 내가 묵고 있는 곳으로 돌아갈 수도 있었지만 그 시절 우리는 레벨 모텔에 묵는 신세였다. 그곳을 청소하는 여자들은 씹는담배를 샤워부스에 뱉어 놓았다. 살충제 냄새도 진동했다. 그런 곳에 들어앉아 기다리고 싶지는 않았다.

미셸과 나의 관계는 격정적이었다. 가끔은 지긋지긋했지만 그래도 그녀를 곁에 두어야 할 것 같았다. 그런 모텔에서는 하다못해 내 본명을 아는 사람이 한 명이라도 있어야 하니까.

모텔 뒤편에는 대형 쓰레기통들이 있었다. 그 안에 뭐가 있는지는 하느님만이 알리라. 우리는 우리 운명의 형태를 상상할 수 없다. 그건 확실하다.

동그랗게 몸을 말고 어둠 속에 떠 있는 상태를 생각해 보자. 그런 상태에서 설사 생각이라는 것을 할 수 있다고 해도, 상상력이 있다고 하더라도, 자기와 반대편에 있는 세상을, 동양의 도교 철학자들이 '만물'이라 부르는 이 기적 같은 세상을 떠올릴 수 있을까? 게다가 갈수록 주위의 어둠이 짙어진다면? 그러다 죽은 상태가 된다면? 그런 존재가 무슨 생각을 하겠는가? 무엇을 구별할 수 있겠는가?

나는 맨 앞에 앉았다. 내 옆에 있는 작은 칸에는 기관사가 타고 있었다. 그 안에서 그가 나타났다 사라졌다 하는 것을 느낄 수 있었다. 세상 아래 어둠 속에서라면 기관사는 눈이 보이지 않아도 상관없으리라. 그는 얼굴로 미래를 느꼈다. 그러다 갑자기 바람이 다 빠져 버린 듯 열차가 조용해졌고 우리는 다시 저녁 풍경으로 들어갔다.

내 대각선 맞은편에는 열여섯 살쯤 된 듯한 작고 예쁜 흑인 아이가 앉아 있었다. 약에 완전히 취한 상태였다. 고개를 들지도 못했다. 꿈에서 헤어 나올 수 없는 듯했다. 소녀도 알고 있었다. 빌어먹을, 우리 둘 다 개의 눈물로 목을 축이는 꼴이었다. 살아 있다는 것 말고는 모든 게 무의미했다.

"난 검은 꿀은 안 먹어 봤는데." 내가 소녀에게 말했다.

소녀는 코를 긁고는 눈을 감았다. 그 애의 얼굴은 천국으로 깊숙이 내려앉고 있었다.

내가 말했다. "야."

"검은 꿀. 난 안 까매요. 난 노랗다고요. 검다고 하지 마요." 소녀가 말했다.

"네가 가진 걸 조금 주면 좋겠는데." 내가 말했다.

"저리 가요. 가. 가. 가라고요." 소녀는 하느님처럼 웃었다. 나는 그 웃음을 책망하지 않았다.

"혹시 남았어?"

"얼마나 원해요? 10달러 있어요?"

"아마도. 응, 있어."

"그럼 좀 이따 내려요." 소녀가 말했다. "사보이 호텔에서 따라 내려요." 두 정거장 뒤 소녀는 앞장서서 열차에서 내린 뒤 거리로 들어섰다. 불똥이 튀어 오르는 쓰레기통 주위에 몇몇 사람이 모여 서서 중얼거리거나 노래를 흥얼거렸다. 가로등과 신호등에는 보호용 철망이 덧씌워져 있었다.

어디를 보건 자기 모습을 보게 된다고 생각하는 사람들이 있다. 이런 상황을 마주하면 그 생각이 옳은 것 같다는 생각이 든다.

사보이 호텔은 나쁜 곳이었다. 1번가 위로 높이 솟은 그 건물은 위쪽으로 올라갈수록 그 실체가 점차 사라지며 허공 속으로 야금야금 흘러갔다. 괴물들이 무거운 몸을 끌고 계단을 올라갔다. 지하실에는 올림픽 수영장만 한 네모난 공간 삼면에 바가 설치되어 있었고 댄스 무대에는 움직이지 않는 두꺼운 금빛 커튼이 내려져 있었다. 모두가 요령을 아는 듯했다. 사람들은 20달러짜리의 한쪽 귀퉁이를 뜯어내 1달러짜리에 붙여 만든 지폐로 값을 치렀다. 숱 많은 금발에 높은 검정 모자를 쓰고 금빛 턱수염을 뾰족하게 기른 남자가 있었다. 그는 이곳에 있고 싶어 하는 것 같았다. 그는 어떻게 요령을 알았을까? 내 눈가에 보이는 아름다운 여자들은 내가 시선을 돌려 똑바로 보면 사라졌다. 밖은 겨울이었다. 오후는 훌쩍 밤이 되었다. 어두운, 어두운 해피 아워. 나는 규칙을 몰랐다. 요령을 몰랐다.

사보이 호텔에 마지막으로 간 건 오마하에 있을

때였다. 1년 넘게 이런 곳은 근처에도 가지 않았지만 슬슬 현실에 신물이 나던 참이었다. 기침을 하면 반딧불이들이 보였다.

그곳은 커튼을 제외하곤 모든 것이 붉은색이었다. 실제로 벌어지는 상황을 재현한 영화 같았다. 모피 코트를 입은 흑인 포주들. 여자들은 공허했고 슬픈 소녀들의 사진이 그 속에서 어른거리며 번쩍거렸다. "돈을 주면 올라갔다 올게요." 누군가 내게 말했다.

미셸은 존 스미스라는 남자 때문에 영영 나를 떠났다. 아니, 우리가 잠깐 헤어졌을 때 미셸이 어느 다른 남자와 어울리다가 얼마 뒤 불행히도 죽음을 맞이했다고 해야 할까? 어쨌든 그녀는 끝내 내게 돌아오지 않았다.

존 스미스는 나도 아는 사람이었다. 한번은 그가 파티에서 내게 총을 팔려 했고, 나중에는 그 파티에서 라디오 노래를 따라 부르는 내 목소리가 좋다며 모두에게 잠깐 조용히 하라고 했다. 미셸은 그와 함께 켄자스시티로 갔고 어느 날 밤 그가 외출했을 때 알약을 왕창 먹었다. 옆에 있는 그의 베개 위에 쪽지를 남긴 채로. 그가 금세 발견하고 구해 줄 수 있도록. 그러나 그날 밤 집에 돌아온 그는 너무 취해서 그녀가 남긴 쪽지 위에 뺨을 대고 잠들었다. 이튿날 아침 그가 깼을 때 나의 아름다운 미셸은 차갑게 죽어 있었다.

그녀는 여자였고 배신자였고 살인자였다. 남자든 여자든 그녀를 원했다. 하지만 그녀를 사랑할 수 있는 사람은 나뿐이었다.

미셸이 죽은 뒤 꽤 오랫동안 스미스는 그녀가 저세상에서 자신을 부른다고 사람들에게 털어놓았다. 그녀가 그를 유혹하고 있었다. 그녀는 그의 주변에서 뚜렷이 보이는 사람들, 여전히 숨을 쉬고 있는 사람들, 살아 있다고 여겨지는 자들보다 더 확실한 존재가 되었다. 그로부터 얼마 안 되어 존 스미스가 죽었다는 소식을 들었을 때 나는 놀라지 않았다.

내 스물네 번째 생일에 우리는 말다툼을 했고 미셸이 부엌을 나가더니 권총을 들고 돌아와 식탁을 사이에 두고 내게 다섯 발을 쐈다. 그러나 모두 빗맞혔다. 그녀가 원한 건 내 목숨이 아니었다. 그 이상이었다. 그녀는 내 심장을 먹길 원했고, 자신이 행한 일의 응보를 끌어안은 채 사막에서 길을 잃기를 원했고, 털썩 무릎을 꿇고서 그 고통의 결실을 낳길 원했다. 그녀는 아이가 엄마에게서나 받을 법한 상처를 내게 주고 싶어 했다.

자궁에 있는 아기가 이런저런 단계에서 인간이냐 아니냐,

그런 일을 하는 게 옳으냐 아니냐를 두고 사람들이 왈가왈부하는 건 나도 잘 알고 있다. 하지만 그건 그런 문제가 아니었다. 그건 법률가들이 결정할 일이 아니었다. 의사가 하는 일도, 여자가 하는 일도 아니었다. 그것은 어미와 아비가 함께 하는 일이었다.

더럽혀진 결혼

그나저나 나는 아직 '두 남자' 얘기를 끝내지 않았다. 사실 두 번째 남자 얘기는 시작도 하지 않았다. 그는 워싱턴주 브레머턴에서 시애틀로 가는 길에 퓨지트 해협 한가운데서 만난 사람이었다.

그는 배의 난간에 기대서서 두 손을 미끼처럼 대롱대롱 내놓고 있던 사람들 중 하나였다. 북서부 해안에서는 보기 드물게 맑은 날이었다. 그 페리를 타고 혹처럼 떠 있는 푸릇한 섬들 사이를 지나던 우리 모두가 축복받은 기분을 느꼈으리라. 이 푸른 섬들은 햇살을 받아 마치 인(燐)처럼 차갑게 타오르는 듯했고, 하느님의 사랑만큼이나 무심하고 파란 하늘이 있었고, 그 아래에서는 작은 만의 물이 충실한 빛을 받으며 윙크를 던졌다. 갑판 이음새를 메우는 데 사용한 석유 화학약품 따위의 냄새 때문에 살짝 숨이 막히고 정신이 아찔하긴 했지만.

남자는 뿔테 안경을 쓴 채로 수줍은 미소를 지었다. 시선을 피할 때 자연스레 나오는 겸연쩍은 미소였을 것이다.

그가 시선을 피한 것은 이질감, 겉도는 느낌, 깊은 패배감 때문이었다.

"맥주 드실래요?"

"좋죠." 내가 말했다.

그는 내게 맥주를 사 주고는 자기가 폴란드 출신이며 출장을 왔다고 설명했다. 나는 그와 함께 서서 뻔한 얘기를 나눴다. "아름다운 날이네요." 이 말은 날씨가 좋다는 뜻이다. 하지만 우리는 "날씨가 좋습니다." "날씨가 맑네요."라고 하지 않고, "아름다운 날입니다." "얼마나 아름다운 날입니까?"라고 말한다.

남자는 처량한 사람이었다. 노란색 경량 재킷을 입었는데, 어쩌면 사서 처음 입은 걸지도 몰랐다. 외국인이 상점에 가서 "미국 재킷을 사야지."라고 마음먹고 살 법한 재킷이었다. 그가 내게 물었다. "가족이 있나요? 아버지나 어머니, 형제나 자매 말예요."

"형제가 있어요. 형제 한 명. 부모님도 두 분 다 살아 계시고요."

그는 경비로 빌린 차를 타고 다녔다. 국제적이고 안정적인 삶을 꾸리는 젊은이였다. 우리 사이에는 어떤 갈망이 싹텄다. 나는 그에게 일어나는 일에 참여하고 싶었다. 그저 별생각 없는, 본능적인 충동이었다. 그의 특정한 무언가를 구체적으로 원한 게 아니었다. 그보다는 그 모든 것을 원했다.

우리는 아래층으로 내려가 새 차 냄새가 나는 그의 렌터카에 올라탔다. 그 안에서 기다리다가 배가 부두에 닿자 램프를 내려가 아주 잠깐 달려서 바다 가까이 있는

식당 겸 술집으로 갔다. 햇살이 어룽거리고 묵직한 맥주잔이 부딪치는 어둑한 소리로 가득 찬 시끌벅적한 곳이었다.

나는 그에게 아내가 있는지, 집안의 가장인지 뭐 그런 건 묻지 않았다. 그도 내게 그런 것을 묻지 않았다. 그가 말했다. "혹시 모터사이클 타요? 저는 타거든요. 작은 거 있잖아요. 그러니까 뭐더라. 아, 여기선 스쿠터라고 하죠. 모터사이클은 폭주족이 타는 거고, 난 작은 스쿠터를 타요. 내가 사는 바르샤바에서는 밤 12시 이후에 공원에서 운전하는 거, 규칙상 안 되거든요. 밤 12시 절정, 아니 자정이죠. 자정 지나서 공원에 가면 안 돼요. 규칙, 그러니까 법을 어기는 거예요. 법으로는 공원에 닫거든요. 아, 공원이 닫거든요. 고맙습니다. 그러면 한 달 동안 감옥에 가야 해요. 그래도 얼마나 재미있는지! 나는 헬멧을 쓰고 있고 경찰은 잡히면 경찰봉으로 탕! 탕! 때려요! 하지만 아프지 않죠. 게다가 어차피 우린 매번 도망가죠. 경찰은 걸어 다니니까요. 경찰은 공원에서 이동 수단을 탈 수 없거든요. 늘 우리가 이깁니다! 자정이 지나면 언제나 컴컴하니까요."

그는 잠깐 실례하겠다면서 화장실에 다녀오는 길에 맥주를 더 시키겠다고 했다.

우리는 아직 이름도 얘기하지 않았다. 아마 끝까지

이름은 모를 것이다. 술집에서 나는 끝없이 그런 삶을 살았다.

그가 맥주 피처를 들고 돌아와 내 잔을 채워 준 뒤 자리에 앉았다. 그가 말했다. "아, 이런. 난 폴란드 사람이 아니에요. 난 클리블랜드에서 왔어요."

나는 놀라서 충격에 빠졌다. 정말 놀랐다. 이런 상황은 한순간도 생각해 보지 않았다. "그럼 클리블랜드 얘기를 해 보세요." 내가 말했다.

"한번은 쿠야호가강에 불이 났어요. 한밤에 활활 타올랐죠. 그 불은 강을 따라 떠내려가기까지 했어요. 정말 굉장한 장면이었죠. 보통 그렇게 생각하잖아요. 물은 흘러가지만 불은 그 자리에 머물러 있을 거라고요. 그런데 그땐 오염 물질에 불이 붙었던 겁니다. 공장에서 나온 가연성 화학 물질과 폐기물이었죠."

"여태 얘기한 것 중에 사실이 있긴 합니까?"

"공원 얘기는 진짜예요." 그가 말했다.

"맥주는 진짜죠." 내가 말했다.

"그리고 경찰과 헬멧 얘기도요. 난 실제로 스쿠터가 있어요." 그가 말했다. 내게 그렇게 단언한 뒤로 마음이 조금 가벼워진 것처럼 보였다.

사람들에게 이 남자 얘기를 하면 이렇게 묻는다. "그 사람, 너한테 수작 걸었어?" 사실 그랬다. 하지만 어째서 그 우연한 만남의 결과를 모두가 훤히 아는 것일까? 그와 실제로 만나고 대화했던 나는 전혀 몰랐는데 말이다.

얼마 후 그는 나를 친구들이 사는 아파트 건물 앞에 내려 주고는 내가 길을 건너는 모습을 지켜본 뒤에야 빠르게 속도를 높이며 떠났다.

나는 두 손을 확성기처럼 모아 입에 대고 소리쳤다. "모리! 캐럴!" 시애틀에 올 때마다 이 건물 입구는 늘 잠겨 있었고, 나는 늘 보도에 서서 친구들이 사는 4층 창문에 대고 소리쳤다.

"시끄럽게 굴지 말고 저리 가요." 1층에 있는 건물 관리인의 방 창문에서 여자 목소리가 들렸다.

"하지만 제 친구들이 여기 살아요." 내가 말했다.

"길에서 그렇게 소리치면 안 되지." 여자가 말했다.

그녀는 창문을 향해 다가왔다. 이목구비는 깎아 놓은 듯 각이 졌고, 눈은 촉촉했으며 목에는 힘줄이 두드러졌다. 떨리는 입술에서는 금방이라도 광신도들이 떠들 법한 대사가 나올 것 같았다.

"실례합니다만, 혹시 그건 독일 억양인가요?" 내가 물었다.

"놀리지 마세요. 뻔한 거짓말은 이제 지겨우니까. 다들 어찌나 다정한 척하는지."

"설마 폴란드 억양은 아니겠죠?"

나는 한 발짝 물러서서 다시 외쳤다. "모리!" 그러곤 요란하게 휘파람을 불었다.

"그만. 이제 그만해요."

"내 친구들이 저 위에 산다고요!"

"경찰을 불러야겠네. 내가 경찰을 불렀으면 좋겠어요?"

"아, 진짜. 짜증 나게." 내가 말했다.

"그건 싫겠지. 다정한 도둑이 도망가네." 그녀가 내 뒤에 대고 외쳤다.

나는 그녀를 불이 활활 타오르는 벽난로에 던져 넣는 상상을 했다. 비명이 들리고…… 그녀의 얼굴에 불이 붙어 타오르기 시작했다.

하늘은 멍든 붉은색이었고 거의 문신과 같은 검은색을 군데군데 머금고 있었다. 노을에게 남은 시간은 딱 2분이었다.

내가 서 있는 거리는 시내에서 가장 저지대인 1번가와 2번가로 이어지는 긴 내리막길이었다. 내 두 발이 나를 데리고 언덕을 내려갔다. 나는 내 절망을 딛고 춤을 추었다. 나는 켈리스라는 작은 선술집 앞에서 떨고 있었고, 안에 있는 사람들은 조잡한 불빛 속에서 헤엄치고 있었다. 그곳을 들여다보면서 생각했다. 저런 데에 들어가서 저 노인네들과 술을 마셔야 할까?

길 건너에는 병원이 있었다. 겨우 몇 블록 반경에 병원이 네댓 개나 되었다. 환자복을 입은 남자 두 명이 병원 3층에 서서 창밖을 내다보는 중이었다. 그중 한 명이 말하고 있었다. 오늘 밤 그 두 사람이 병실을 빠져나온 과정과, 그들이 신봉했었던, 병으로 무너져 버린 그 모든 것이 눈앞에 그려지는 듯했다.

두 사람, 두 입원 환자가 저녁을 먹고 침대에서 나와 복도를 어슬렁거리다가 서로를 발견하고 담배꽁초 냄새가 진동하는 작은 휴게실에 잠시 서서 주차장을 내려다본다. 이 둘, 저 남자와 저 남자, 그들은 건강하지 않다. 그들은 끔찍한 고독에 시달리고 있다. 그러다 서로를 발견한 것이다.

그러나 과연 둘 중 한 명이 죽으면 다른 한 명이 무덤을 찾아갈까?

나는 켈리스의 문을 밀고 들어갔다. 사람들은 퉁퉁한 손으로 맥주를 쥔 채 앉아 있고 주크박스는 혼자 나지막이 노래하고 있었다. 이 사람들은 목을 빳빳이 세우고 가만히 앉아서 잃어버린 세계를 들여다보는 법을 터득한 듯 보였다.

한 여자가 있었다. 그녀는 나보다 더 취했다. 우리는 춤을 추었고 그녀는 자기가 군대에 있다고 했다.

"내 친구들이 문을 안 열어 주네요." 내가 그녀에게

말했다.

"그런 건 걱정하지 마요." 그녀는 내 뺨에 입맞춤했다.

나는 그녀를 끌어안았다. 그녀는 내게 꼭 맞는 작은 키였다. 나는 더 꽉 끌어안았다.

주위에 있던 남자들 가운데 누군가가 헛기침을 했다. 베이스 리듬이 마룻바닥 위를 흘렀지만 그들에게는 닿지 않았을 것이다.

"키스하게 해 줘요." 내가 애원했다. 그녀의 입술은 싸구려 맛이 났다. "나를 집에 데려가 줘요." 내가 말했다. 그녀는 내게 달콤한 입맞춤을 했다.

그녀는 눈 주위를 시커멓게 칠했다. 나는 그녀의 눈이 좋았다. "남편이 집에 있어요. 우리 집엔 못 가요." 그녀가 말했다.

"그럼 모텔을 잡죠."

"당신한테 돈이 얼마나 있는지 봐야 할 것 같은데요."

"그 정도는 안 돼요. 안 될 거예요." 내가 솔직하게 말했다.

"우리 집에 데려가 줄게요."

그녀는 내게 입맞춤을 했다.

"남편은 어떡하고요?"

그녀는 춤을 추는 내내 계속 입맞춤을 퍼부었다. 이곳 남자들은 남을 구경하거나 술을 바라보는 것 말고는 할 일이 없었다. 무슨 음악이 나왔는지는 기억나지 않지만, 당시 시애틀 곳곳의 주크박스에서 줄곧 흘러나오던 슬픈 노래가 있었다. 「미스티 블루」라는 곡이었다. 내가 그녀를 안고 두 손으로 갈비뼈를 더듬거릴 때에도 「미스티 블루」가 흘렀을 것이다.

"당신을 보낼 수가 없어요." 내가 그녀에게 말했다.

"우리 집에 가요. 소파에서 자고 있으면 내가 좀 이따 나갈게요."

"남편이 방에 있는데도?"

"남편은 잘 거예요. 사촌이라고 하면 돼요."

우리는 부드럽고 격렬하게 들러붙었다. "당신을 사랑하고 싶어요." 그녀가 말했다.

"아, 미치겠다. 하지만 모르겠어요. 남편이 있는데."

"날 사랑해 줘요." 그녀가 애원했다. 그러곤 내 가슴에 얼굴을 묻고 흐느꼈다.

"결혼한 지 얼마나 됐어요?" 내가 물었다.

"금요일에 했어요."

"금요일?"

"나흘 휴가를 받았어요."

"그럼 그저께 결혼했다는 말이에요?"

"내 남동생이라고 하면 돼요." 그녀가 말했다.

나는 먼저 그녀의 윗입술에, 다음엔 그녀의 입술

밑에 내 입술을 댔고, 그런 다음 온전히 입맞춤을 했다. 그녀의 벌어진 입술에 내 입을 포개었고 우리의 혀가 안에서 만났다.

    결국 그렇게 되었다. 결국. 기다란 복도를 걷고. 문이 열리고. 아름다운 이방인이 나오고. 찢어진 달이 봉합되고 우리의 손이 눈물을 닦아 주고. 결국 그렇게 되었다.

다른 한 남자

나는 한 청년과 늘 함께 다니는 열일곱 살짜리 벨리 댄서를 찾고 있었다. 청년은 자기가 그녀의 오빠라고 주장했지만 사실은 그저 벨리 댄서를 사랑하는 사람일 뿐이었고, 그녀는 그런 그를 내버려두었다. 때론 그렇게 사는 삶도 있으니까.

나도 그녀를 사랑했다. 하지만 그녀는 최근에 감옥에 간 남자를 아직 사랑하고 있었다.

나는 베트남 바를 포함해 온갖 나쁜 곳을 찾아보았다.

바텐더가 물었다. "술 드시려고요?"

"저 친구는 술 마실 돈이 없어."

돈은 있었지만 두 시간을 버틸 정도는 아니었다.

짐잠 클럽에도 들어가 보았다. 클래머스나 쿠테나이, 또는 좀 더 북쪽의 브리티시컬럼비아나 서스캐처원에서 온 인디언들이 작은 성상이나 뚱뚱한 인형처럼 바에 나란히 앉아 있었다. 어린아이가 잘못 만든 형상 같았다. 그녀는 거기에도 없었다.

눈이 가늘고 검은 네즈퍼스족 사내가 몸을 기울이고 가장 저렴한 포트와인 한 잔을 주문하다가 스툴에 앉은 나를 팔꿈치로 쳐낼 뻔했다. 내가 물었다. "이봐요. 어제 내가 여기서 그쪽이랑 당구 치지 않았나?"

"글쎄, 아닐걸."

"내가 공을 정리해 주면 거스름돈을 받는 대로 나한테 준다고 했잖아?"

"난 어제 여기 안 왔어. 어제 멀리 나가 있었어."

"그러고 나한테 25센트 안 줬지? 25센트 줘야지."

"줬어. 손 옆에 놨는데. 10센트짜리 두 개랑 5센트짜리 하나."

"누가 오늘 이 일로 인생 조질 것 같네."

"난 아니야. 난 25센트 줬다니까. 바닥에 떨어졌겠지."

"사람이 갈 데까지 가면 어떻게 되는지 알아? 더 이상 참을 수 없으면 어떻게 되는지 아냐고?"

"에디, 에디." 인디언 사내가 바텐더를 불렀다. "혹시 어제 바닥에 떨어진 10센트짜리랑 5센트짜리 동전 봤어요? 혹시 청소할 때 나오지 않았어요? 10센트짜리 두 개랑 5센트짜리 하나?"

"나왔겠죠. 그런 건 항상 나오니까. 누가 그런 걸 다 신경 써요?"

"봤지?" 사내가 내게 말했다.

"정말 피곤하게 하네. 너무 피곤해서 손가락 하나 까딱할 힘이 없다고. 당신들 모두."

"어이, 겨우 25센트 가지고 수작 부리진 않아."

"당신들 다 똑같아."

"25센트 주면 돼? 그게 뭐라고. 자."

"치워. 그냥 둬지라고." 나는 돈을 밀어냈다.

"25센트 받아." 그가 아주 큰 소리로 말했다. 이제는 내가 그 돈을 건드리지 않으리라는 것을 알았기 때문이다.

전날 밤 벨리 댄서는 나를 한 침대에서 자게 해 주었다. 함께 잤다기보다는 나란히 잤다. 그녀는 여자 대학생 셋과 함께 지내고 있었고, 그중 두 명에겐 대만인 남자 친구가 있었다. 그녀의 가짜 오빠는 바닥에서 잤다. 아침에 깼을 때 그는 아무 말도 하지 않았다. 그는 원래 말이 없었다. 그게 아쉬운 대로 그의 성공 비결이었다. 나는 여자애 한 명과 영어를 못하는 그녀의 남자 친구에게 4달러를 주었다. 거의 내 전 재산이었다. 그들은 우리 모두가 먹을 대만식 전골 요리를 준비하기로 했다. 나는 가짜 오빠가 이를 닦는 동안 창가에 서서 아파트 주차장을 내다보았다. 두 사람은 내 돈을 들고 녹색 세단에 올라 차를 출발시켰다. 그러나 주차장을 나서기도 전에 전신주를 들이받았다. 그들은 차에서 내려 문을 열어 둔 채 서로를 붙잡고 비틀비틀 물러섰다. 그들의 머리카락이 바람에 사방으로 날렸다.

그 후 오전 내내 나는 시내버스를 타고 돌아다녔다.

그곳은 시애틀이었다. 나는 맞은편을 바라보도록 놓여 있는 긴 의자의 앞쪽에 앉아 있었다. 맞은편에 앉은 여자는 무릎에 커다란 영문학 교재를 올려놓았다. 그 옆에는 피부색이 밝은 흑인 남자가 앉아 있었다. 여자가 남자에게 말했다. "그래, 오늘은 급여일이니까. 오래 가진 않겠지만 그래도 기분 좋지." 남자는 여자를 보았다. 넓은 이마 때문에 사려 깊게 보였다. 남자가 말했다. "나도 여기 24시간 더 머물 수 있어."

바깥 날씨는 맑고 고요했다. 시애틀은 거의 늘 잿빛이지만 나는 햇빛 찬란한 날들만 기억한다.

나는 그 버스를 타고 서너 시간 돌아다녔다. 덩치 큰 자메이카 출신 여자가 운전대를 잡고 있었다. "그렇게 계속 타고 다니면 안 돼요." 운전사가 룸미러로 나를 보며 말했다. "목적지가 있어야죠."

"그럼 도서관에서 내릴게요." 내가 말했다.

"그럼 됐네요."

"그럼 될 줄 알았어요." 내가 말했다.

나는 도서관에 머물렀다. 수많은 글의 압도적인 힘에 짓눌려 숨이 막혔고 그중 많은 것은 이해하지도 못했다. 해피 아워가 되자 그곳을 나왔다.

차들은 무자비했고 보도는 북적거렸으며 사람들은 정신없고 인색했다. 해피 아워는 러시아워이기도

했으니까.

    해피 아워에는 한 잔 값으로 두 잔을 마실 수 있다.
    해피 아워는 두 시간이다.

그 와중에도 나는 내내 그 벨리 댄서를 찾았다. 그녀의 이름은 앤젤리크였다. 내가 그녀를 찾고 싶었던 건 그녀가 다른 사람들과 관계를 맺으면서도 나를 좋아하는 것 같았기 때문이다. 나는 그녀를 처음 본 순간부터 좋아했다. 그때 그녀는 자기가 일하는 그리스 나이트클럽에서 춤을 추다가 잠시 테이블에 앉아 쉬고 있었다. 무대 조명이 그녀에게 살짝 닿았다. 너무도 섬약한 모습이었다. 아득한 무언가를 생각하면서 자신을 파괴할 사람을 끈기 있게 기다리는 듯 보였다. 머리가 짧고 남자 같은 다른 댄서가 그녀 옆에 붙어 앉아서 그녀에게 술을 사겠다고 조르는 선원을 상대하고 있었다. "웬 수작이에요?" 정작 앤젤리크는 아무 말도 하지 않았다. 그 순결해 보이는 슬픔이 전부 다 허위는 아니었다. 이런 곳에서 드러내기에는 너무도 아름다워서 스스로 아직 내놓지 않으려던 부분이 분명히 있었으니까. 그러나 어쨌든 그녀는 닳고 닳은 술집 여자에 가까웠다. 선원이 말했다. "생각을 바꿔 봐요. 여기 술값을 생각하면 여기서 술을 한 잔 사주겠다는 건 어느 정도 칭찬으로 받아들여야 하는 거 아닌가?" 그러자 성숙한 댄서가 말했다. "그런 칭찬을 그쪽이 해 줄 필요는 없어요. 애는 지금 피곤하다고요."

이제 6시였다. 나는 그 그리스 나이트클럽으로 걸어가 안을 들여다보았다. 하지만 그녀는 이 도시를 떠났다고 했다.

맹렬하고 찬란하게 날이 저물고 있었다. 해협의 배들은 태양 속으로 빨려 들어가는 종잇장처럼 보였다.

나는 더블 샷으로 술을 두 잔 마시고 영원히 죽어 버린 듯싶었지만 결국 다시 정신이 들었다.

나는 피그 앨리에 있었다. 항구에 있는 이 술집은 물가의 허름한 선창 위에 지어졌다. 합판 바닥에는 카펫이 깔려 있고 플라스틱으로 만든 바가 있었다. 다른 세상에 온 듯 담배 연기가 자욱했다. 태양이 구름의 지붕을 뚫고 내려와 바다에 불을 붙이고 녹아내린 빛으로 커다란 전망 창을 가득 채웠다. 우리는 환한 안개 속에서 움직이고 꿈을 꾸었다. 1번가에 있는 술집에 들어오는 사람들은 육신을 포기했다. 그러고 나면 우리 안에 살고 있는 악령만이 드러나 보였다. 서로를 등쳐 먹는 영혼들이 여기로 모여들었다. 강간범들은 여기서 피해자를 찾았고 버려진 아이는 여기서 어미를 발견했다.

그러나 무엇도 치유될 수 없었고 거울은 칼처럼 모든 것을 잘라 분리했으며 가식적인 동료애를 담은 눈물이 바 위로 떨어졌다. 이런 나를 누가 어떻게 하겠는가? 무엇으로 나를 겁줄 수 있겠는가?

도서관에서 창피한 일이 있었다. 나이 지긋한 신사가 책 몇 권을 품에 안고 대출대에서 걸어오더니 내게 여자 같은 목소리로 나지막이 말했다. "지퍼가 열렸어요. 말해주는 게 좋을 것 같아서요."

"알겠습니다." 내가 말했다. 그러곤 얼른 손을 뻗어 지퍼를 올렸다.

"몇 사람이 봤을 겁니다." 그가 말했다.

"그렇군요. 고맙습니다."

"별말씀을." 그가 말했다.

그 도서관에서, 바로 그 자리에서 그의 목을 졸라 죽일 수도 있었다. 이 땅에서는 그보다 이상한 일도 수없이 일어났으니까. 그러나 그는 돌아섰다.

피그 앨리는 싸구려 술집이었다. 나는 한쪽 눈이 검게 멍들고 유니폼을 입은 간호사 옆에 앉았다.

그녀를 본 적이 있었다. "남자 친구는 오늘 어디 갔나 봐요?"

"누구요?" 간호사는 전혀 모른다는 듯이 물었다.

"내가 그 친구한테 10달러를 줬는데 사라졌네요."

"언제요?"

"지난주에."

"난 그 사람 못 봤어요."

"그 친구는 철이 좀 들어야겠어요."

"아마 터코마에 있을 거예요."

"몇 살이나 됐어요? 서른쯤?"

"내일 돌아올 거예요."

"그 나이에 겨우 10달러 때문에 사람들을 벗겨 먹으면 안 되죠."

"약 살래요? 난 돈이 필요한데."

"무슨 약이요?"

"환각 버섯을 갈아 만든 거예요."

그녀가 보여 주었다. 그런 건 누구도 삼킬 수 없을 것 같았다.

"그렇게 큰 알약은 처음 보는데요."

"3달러에 팔게요."

"이렇게 큰 캡슐이 있는지 몰랐네요. 몇 호예요? 1호?"

"네, 1호예요."

"정말 크네요! 달걀 같아요. 부활절 달걀."

"잠깐." 그녀가 내 돈을 보며 말했다. "아니에요. 맞네요. 3달러. 가끔은 돈도 못 센다니까요!"

"삼킵니다."

"술을 더 마셔요. 술로 씻어 내려요. 맥주 한 잔을 다 마셔야 해요."

"와. 이걸 어떻게 삼켰지? 가끔은 내가 인간이 아닌 것 같다니까요."

"혹시 1달러짜리 다른 거 있어요? 이게 좀 구겨졌는데."

"1호는 한 번도 삼켜 본 적이 없어요."

"확실히 크긴 하죠."

"제일 커요. 말한테 먹이는 용도인가?"

"아뇨."

"맞는 것 같은데."

"아뇨. 요즘은 말한테 걸쭉한 액체를 입안에 짜 넣어요." 그녀가 설명했다. "너무 끈적끈적해서 말이 뱉을 수가 없거든요. 이제 말한테 먹이는 알약은 안 나와요."

"그래요?"

"이제는요."

"그래도 나온다면." 내가 말했다.

해피 아워

불과 이틀 만에 나는 면도를 했고 새로 들어온 사람 두어 명의 면도도 해 주었다. 이곳에서 내게 투여한 약이 굉장한 효과를 냈기 때문이다. 정말이지 그건 굉장하다고밖에 할 수 없다. 불과 몇 시간 전 그들이 나를 싣고 이곳 복도를 지나갈 때만 해도 부슬부슬 여름비가 내리는 환각에 빠져 있었으니까. 복도 양옆으로 늘어선 병실 안의 물건들, 꽃병과 재떨이, 침대 따위가 굳이 자신의 진짜 의미를 숨기지 않은 채 축축하게 젖은 오싹한 모습을 드러내 보였다.

그들은 내게 몇 차례 주사를 놓았고, 그러고 나자 가벼운 스티로폼에서 인간으로 변한 것 같았다. 두 손을 눈앞으로 올려 보았다. 조각상의 손처럼 굳건했다.

나는 병실을 함께 쓰는 빌의 수염을 깎아 주었다.
"콧수염 망치면 안 돼." 그가 말했다.
"지금까지는 괜찮아요?"
"지금까지는."
"이제 반대편 할게요."
"그게 좋겠군, 파트너."

빌의 광대뼈 바로 밑에는 총알이 들어간 작은 흔적이 있었고 다른 쪽 뺨에는 그 총알이 빠져나온 좀 더 큰 흉터가 있었다.

"총알이 얼굴을 관통할 때 뭔가 신기한 일이

일어나거나 하지 않았어요?"

"내가 어떻게 알겠어? 어디 써 놓은 것도 아닌데. 총알이 얼굴을 관통해도 그냥 머리에 총을 맞은 기분이 들 뿐이야."

"여기 이 작은 흉터는 뭐예요? 구레나룻에 있는 이것."

"몰라. 태어날 때부터 있었겠지. 나는 처음 보거든."

"언젠가 사람들이 소설이나 시에서 아저씨 이야기를 읽게 될 거예요. 그 사람들을 위해서 자신을 설명해 주실래요?"

"글쎄, 모르겠네. 난 그냥 쓸모없는 돼진데."

"그렇게 말고. 진지하게요."

"어차피 안 쓸 거잖아."

"저 작가거든요?"

"그럼 그냥 과체중이라고 해."

"그는 과체중이다."

"난 총에 두 번 맞았어."

"두 번이요?"

"두 와이프한테 한 번씩. 총알은 전부 세 개, 구멍은 네 개야. 세 개는 들어간 구멍, 하나는 나온 구멍."

"그런데도 살아 있네요."

"시로 쓰려면 내용을 좀 바꾸겠지?"

"아뇨. 지금 한 얘기 그대로 넣을 거예요."

"그건 별론데. 아까 네가 나한테 살아 있냐고 물어본 건 멍청한 질문이잖아. 난 누가 봐도 살아 있는데."

"글쎄요. 좀 더 깊은 의미에서 살아 있느냐는 뜻이었을 거예요. 이렇게 말하고 있어도 좀 더 깊은 의미에서는 살아 있지 않을 수도 있으니까."

"지금 우리가 처한 이 처량한 상태보다 더 깊은 건 없어."

"왜 그런 얘기를 하세요? 여기 좋잖아요. 병원에서 담배도 주고."

"난 담배 못 받았는데."

"이거 피우세요."

"이야, 고마워."

"담배 받으면 갚으세요."

"그러지."

"아내가 총을 쐈을 때 뭐라고 하셨어요?"

"'당신이 날 쐈어!'라고 했어."

"두 번 다? 두 아내에게 모두?"

"처음 맞았을 때는 아무 말도 안 했어. 와이프가 입을 쐈거든."

"그래서 말을 못 했군요."

"정신을 잃었어. 그래서 못 한 거야. 그때 정신을 잃고 꿈을 꾼 건 아직도 기억해."

"무슨 꿈이었는데요?"

"그걸 어떻게 설명해? 꿈이었는데. 말이 안 되는 꿈이었어. 그래도 기억나긴 하네."

"조금이라도 얘기해 줄 수 없어요?"

"어떻게 얘기해야 할지 정말 모르겠네. 미안."

"아무거나 좋아요. 뭐라도."

"글쎄. 일단, 끊임없이 되살아나. 그러니까 깨어 있을 때 그게 계속 떠오른다고. 첫 번째 와이프를 떠올릴 때마다 와이프가 나한테 방아쇠를 당긴 일이 떠오르고 그다음엔 그 꿈이 떠올라…….

그리고 그 꿈은…… 꾸는 동안에는 전혀 슬프지 않았거든. 그런데 그걸 다시 떠올릴 때마다 '씨발, 그 여편네가 정말 나를 쐈어. 그때 이 꿈을 꿨지.' 이런 생각이 든다니까."

"혹시 엘비스 프레슬리가 나오는 영화 〈그 꿈을 좇아라〉 봤어요?"

"〈그 꿈을 좇아라〉. 봤지. 안 그래도 그 얘기 하려고 했는데."

"됐어요. 다 끝났어요. 거울 보세요."

"그래."

"어때요?"

"난 먹지도 않는데 왜 이렇게 뚱뚱해졌을까?"

"그게 다예요?"

"글쎄, 모르겠어. 결국 여기까지 왔네."

"어떤 삶을 살았어요?"

"하! 좋은 삶이지."

"과거는요?"

"과거가 뭐?"

"돌아보면 뭐가 보여요?"

"사고 난 차들."

"사람도 타고 있어요?"

"응."

"어떤 사람?"

"이제는 그냥 고깃덩어리일 뿐이야."

"정말 그런 걸까요?"

"정말 그런지 내가 어떻게 알겠어? 난 이제 막 여기 들어왔다고. 여기도 지독하잖아."

"그게 무슨 말이에요? 여기선 할로페리돌을 잔뜩 놓아줘요. 아기들 울타리 침대처럼 안전하다니까요."

"정말 그러면 좋겠네. 전에 있던 곳에서는 죄다 젖은 시트에 온몸이 둘둘 말린 채로 개들이 갖고 노는 고무 인형을 물고 있어야 했거든."

"난 매달 두 주 정도는 여기 살 수 있을 것 같아요."

"그야 넌 나보다 어리니까. 이렇게 몇 번 들락거려도 팔다리가 제대로 붙은 채로 나갈 수 있겠지. 난 아니야."

"에이. 괜찮아질 거예요."

"여기에 대고 말해 줘."

"총알구멍에 대고 말하라고요?"

"총알구멍에 대고 말해 줘. 난 괜찮을 거라고."

시애틀 종합 병원에서 본 굳건한 손

나는 가끔 점심시간에 길 건너에 있는 큰 화원에 갔다. 식물과 축축한 흙, 차갑게 죽은 섹스의 기운이 가득한 유리 건물이었다. 그 시간에는 늘 같은 여자가 시커먼 화단에 호스로 물을 주고 있었다. 한번은 여자와 얘기를 나누면서 주로 내 얘기를, 멍청하게도 내 문제를 털어놓았다. 그리고 전화번호를 물어보았다. 여자는 전화가 없다고 했다. 일부러 왼손을 숨기는 듯했는데, 아마도 결혼반지를 끼고 있었을 것이다. 그녀는 내가 자기를 보러 다시 들르기를 바란 것이다. 하지만 나는 그곳을 나서면서 두 번 다시 오지 않으리라는 것을 알았다. 내가 상대하기에는 너무 성숙한 여자였다.

그리고 가끔 사막에서 높다란, 마치 하나의 도시처럼 거대한 모래 폭풍이 일었다. 무시무시한 새 시대가 다가오면서 우리의 꿈을 흐려 놓았다.

나는 집 안에서 낑낑거리는 개와 같은 신세였다. 내가 일자리를 찾은 건 사람들이 그래야 한다고 믿는 것 같아서였고, 일자리를 찾고 나자 잘된 거라고 믿었다. 역시 똑같은 사람들, 그러니까 상담사들과 마약 중독 회복을 위한 자조 모임 회원들이 일자리가 좋은 거라고 여기는 것 같아서였다.

베벌리라는 이름을 들으면 베벌리힐스를 떠올릴지도
모르겠다. 머리에 총 대신 돈을 맞은 사람들이
돌아다니는 곳 말이다.

    나는 이름이 베벌리인 사람을 만난 기억이 없다.
그래도 아름다운 이름, 듣기에 낭랑한 이름이다. 나는
그런 이름을 가진, O 모양으로 생긴 청록색 노인
병원에서 일하고 있었다.

베벌리 요양 병원에 사는 사람들이 모두 늙고 무력한
건 아니었다. 젊은 나이에 몸이 마비된 사람도 있었다.
중년도 안 돼서 치매를 앓는 사람도 있었다. 건강하지만
몸이 기형이라서 마음대로 돌아다닐 수 없는 사람도
있었다. 그런 사람을 보면 하느님이 생각 없는 사이코가
아닐까 하는 생각이 들었다. 선천적으로 뼈에 이상이
있어서 210센티미터의 괴물이 된 남자가 있었다. 그의
이름은 로버트였다. 로버트는 날마다 고급 정장 아니면
고급 바지와 블레이저를 빼입었다. 그의 손 길이는
무려 45센티미터였다. 머리는 마치 얼굴이 그려진
20킬로그램짜리 브라질너트 같았다. 우리 같은 사람은
직접 걸리기 전까지는 그런 병이 있는지도 모를 테고,
만약 걸린다면 우리 역시 사람들 눈에 띄지 않게 숨어
있어야 할 것이다.

나는 시간제로 일했다. 사보를 만드는 일이었다. 그래 봐야 한 달에 두 번 등사기로 찍어 내는 서너 쪽짜리 인쇄물에 불과했다. 사람들과 접촉하는 것도 내 일이었다. 환자들은 비틀거리며 걷거나 휠체어를 타고 무리 지어 넓은 복도를 돌아다니는 것 말고는 할 일이 없었다. 일방통행이 규칙이었다. 나는 지침에 따라 그들과 마주 걸으며 한 사람씩 인사를 나누고 손이나 어깨를 잡아 주었다. 그들에게는 사람의 손길이 필요한데 달리 그것을 누릴 방도가 없었기 때문이다. 몸은 활기 넘치고 탄탄하지만 일찌감치 치매에 걸린, 머리가 희끗희끗한 40대 초반 남자에게는 늘 인사를 했다. 그러면 그는 내 셔츠 앞섶을 잡으며 이렇게 말했다. "꿈을 꾸려면 대가를 지불해야 해." 나는 내 손으로 그의 손을 감싸 쥐었다. 그 뒤에서 여자가 휠체어에 떨어질듯 말듯 앉은 채 외쳤다. "주님? 주님?" 여자의 두 발은 왼쪽을 향해 있고 머리는 오른쪽을 보았으며 두 팔은 메이폴†에 감긴 리본처럼 몸을 칭칭 감고 있었다. 나는 그녀의 머리를 만져 주었다. 눈은 구름을 연상케 하고 몸은 쿠션을 떠올리게 하는 사람도 주위에 가득했다.

---

† Maypole. 유럽 각지에서 5월 1일에 열리는 봄 축제인 5월제 때 작물의 성장과 번영을 기원하며 세우는 기둥.

그리고 이곳 벽장에 보관된 이상한 기계들이 살과 근육을
모조리 빨아들인 듯 보이는 사람들도 있었다. 위생을
위한 과정도 필요했다. 그들 대부분은 스스로 몸을 씻을
수 없을 만큼 멀리 가 버린 상태였다. 전문가들이 복잡한
노즐이 달린 반짝이는 호스로 목욕시켜 주어야 했다.

    그 가운데 다발성 경화증인지 뭔지 하는 병을 앓는
남자가 있었다. 그는 끊임없는 경련 때문에 휠체어에
옆으로 올라앉은 채로 콧등 아래 놓여 있는 마디 굵은
손가락을 내려다볼 수밖에 없었다. 이 증상은 갑자기
나타났다. 찾아오는 사람도 없었다. 그의 아내는 이혼을
준비하고 있었다. 겨우 서른세 살이라고 한 것 같은데,
사실 그가 들려준 얘기는 정확히 가늠하기가 어려웠다.
그는 이제 말을 할 수 없어서 혀를 내민 채로 입술을
다물려고 안간힘을 쓰며 끙끙거릴 뿐이었다.

    그는 더 이상 아무것도 감출 수가 없었다! 철저하게,
너무도 확실하게 망가졌으니까. 그러나 그를 제외한 우리
모두는 계속해서 서로를 속이려 애썼다.

    나는 양쪽 다리의 무릎 위쪽을 절단한 프랭크라는
남자를 항상 들여다보았다. 그는 무겁고 슬픈 얼굴로
나를 맞이하고는 속이 빈 환자복 바지를 고개로
가리켰다. 그는 하루 종일 침대 위에서 텔레비전을
보았다. 그를 여기에 잡아 두는 것은 망가진 몸이 아니라

슬픔이었다.

이 요양 병원은 피닉스 동부의 어느 골목 끄트머리에 있었고 창밖으로는 도시를 에워싼 사막이 보였다. 때는 봄이었다. 다양한 종의 선인장이 가시 끝에 작은 꽃을 피우는 계절. 나는 매일 집에 가는 버스를 타기 위해 빈터를 지나갔고 가끔은 선인장 꽃을 마주쳤다. 푸른 빛마저도 길을 잃을 만큼 드넓고 아득한 하늘과 천백 가지 황토색만이 드리워진 땅으로 에워싸인 세상에서 작은 주황색 꽃을 만나면 그게 안드로메다에서 떨어진 것 같다는 생각이 들었다. 아찔했고, 홀리는 듯했다. 길을 걷다가 작은 의자에 앉아 있는 요정을 마주쳤을 때 느낄 법한 기분이랄까. 사막의 낮은 벌써 타오르듯 뜨거웠지만 그 무엇도 꽃들의 숨통을 죌 수 없었다.

어느 날, 그날도 역시 버스 정거장을 향하는 중이었는데, 빈터를 지나 나란히 서 있는 타운하우스들 뒤쪽을 걷다가 샤워 도중 노래를 부르는 듯한 여자 목소리를 들었다. 물이 떨어지면서 만들어 내는 어렴풋한 선율과 물기를 머금은 나직한 노랫소리를 듣자 인어가 떠올랐다. 어스름이 깔렸고 어른거리는 건물들에서 열기가 뿜어져 나왔다. 러시아워였지만, 사막의 하늘은 차 소리를 빨아들여 공회전하듯 조그맣게 줄이는 법을 알고 있었다. 그녀의 목소리는 그때 내 귀에 들어온 가장

선명한 소리였다.

그녀는 조난된 사람처럼 무의식적으로, 자기도 모르게 노래하는 듯했다. 누군가가 자기 목소리를 들으리라고는 전혀 생각하지 못했을 것이다. 아일랜드 찬송가인 듯싶었다.

내 키 정도면 창문으로 그녀를 훔쳐볼 수 있었고 그런다고 누군가에게 걸릴 것 같지도 않았다.

이곳의 타운하우스들은 사막 풍경을 접목해 자갈과 선인장으로 잔디를 대신했다. 소리를 내지 않으려면 조심조심 걸어야 했다. 그런다고 누가 내 발소리를 들을 것 같지는 않았지만 나조차도 듣고 싶지 않았던 터였다.

창문 밑에 다다른 뒤에는 격자 구조물과 나팔꽃 덩굴 속에 숨었다. 늘 그렇듯이 차들이 지나다녔지만 아무도 내 존재를 알아채지 못했다. 욕실에 흔히 설치하는 높고 작은 창문이었다. 나는 발끝으로 서서 창턱을 붙잡고 그 위로 턱을 들었다. 여자는 이미 샤워를 끝냈다. 목소리 그대로 젊고 매끈한 여자였지만 아주 어리지는 않았다. 몸은 통통한 편이었다. 곧게 뻗은 축축한 밝은색 머리카락이 거의 허리까지 내려왔다. 그녀는 돌아서 있었다. 거울과 창문에까지 김이 살짝 서렸다. 그렇지 않았다면 뒤에 있는 내 모습이 거울에 비쳐 나와 눈이 마주쳤을지도 모른다. 중력에서 벗어난 느낌이 들었다.

창턱에 매달리는 게 전혀 힘들지 않았다. 이대로 손을 놓으면 다시는 얼굴을 쳐들 용기가 나지 않을 것 같았다. 어쩌면 여자가 창문을 돌아보고 소리를 지를지도 모를 일이었다.

그녀는 자기 몸을 감상하거나 관능적으로 만지지 않고 빠르고 효율적으로 물기를 닦았다. 실망스러웠다. 그래도 순결해 보였고 흥미롭기도 했다. 창문을 깨고 들어가 강간할까 생각해 보았다. 하지만 그녀에게 내 모습을 보이는 게 창피했다. 마스크를 썼더라면 그런 짓을 할 수 있었을지도 모른다.

내가 탈 버스가 지나갔다. 24번 버스. 정거장에서 속도를 늦추지도 않았다. 얼핏 보기에도 그 안에 탄 사람들이 모두 얼마나 지쳐 있는지 알 것 같았다. 그저 자신을 끌어안은 채 이리저리 흔들리는 모습만 보아도 알 수 있었다. 어렴풋이 낯이 익은 사람도 많았다. 평소 우리는 함께 모여서 일터와 집, 집과 일터를 오갔지만 오늘 밤은 아니었다.

아직 날이 완전히 어두워지지 않았다. 그래도 지나다니는 차는 적어졌고 사람들은 대부분 퇴근해서 거실에 앉아 텔레비전을 보고 있었다. 그러나 여자의 남편은 아니었다. 그는 내가 욕실 창문 옆에서 아내를 훔쳐보고 있을 때 차를 몰고 돌아왔다. 그저 느낌만으로 알아챌 수 있었다. 끔찍한 느낌이 목덜미를 감쌌고, 그의 차가 진입로로 들어서기 직전에 선인장 뒤에 숨었다. 그러지 않았다면 그의 시선이 내가 서 있던 벽에 닿았을 것이다. 차가 진입로로 들어와서 건물을 돌아 시야에서 사라지더니 엔진이 꺼지는 소리가 들렸다. 저녁 대기에 잔향이 메아리 쳤다.

그의 아내는 목욕을 다 끝냈다. 이제 문을 닫고 나가고 있었다. 욕실에는 밋밋한 문만 덩그러니 남은 듯했다.

그녀는 욕실을 나간 뒤 내 시야에서 사라졌다. 다른 창문은 모퉁이를 돌아가야 했고 그쪽은 길에서 훤히 보이는 곳이라 더는 훔쳐볼 수 없었다.

나는 그곳을 나와 다음 버스를 45분 기다렸다. 막차였다. 이미 날이 꽤 어두워져 있었다. 버스에서는 무릎 위에 수첩을 펼쳐 놓고 기이한 인공 광원에 의지해 기어가는 글씨로 사보를 휘갈겼다. "공예 시간이 돌아왔습니다. 월요일 오후 2시! 지난번에는 밀가루 반죽으로 동물을 만들었죠. 그레이스 라이트는 멋진 스누피를 만들었고 클래런스 로벌은 대포가 달린 배를 만들었습니다. 그 밖에도 조그만 연못과 거북이, 개구리, 무당벌레 같은 작품이 나왔답니다."

이 시기에 내가 처음으로 사귄 여자는 '금주 댄스 모임'에서 만난 사람이었다. 재활 중인 술주정뱅이들과 약물 중독자들, 그러니까 나 같은 인간들을 위한 사교 행사였다. 여자는 문제가 없었고 남편이 문제였지만 그는 오래전에 어디론가 도망갔다. 그녀는 정규직으로 일하며 어린 딸을 키우면서도 틈틈이 이런저런 자선 단체에서 봉사 활동을 했다. 우리는 매주 토요일 밤에 정기적으로 데이트를 하기 시작했고 그녀의 아파트에서 함께 자기도 했지만 내가 아침까지 먹고 나온 적은 없었다.

그녀는 키가 작았다. 150센티미터가 채 안 되었고, 더 정확히 말하면 140센티미터도 안 되었다. 몸에 비해, 적어도 몸통에 비해 팔이 무척 짧았지만 그에 걸맞게 다리도 이례적으로 짧았다. 의학에서 말하는 왜소증 환자, 즉 난쟁이였다. 그러나 그녀를 처음 본 사람들은 그 점을 금방 알아차리지 못했다. 그보다는 연기와 신비, 불운을 머금은 듯한 지중해인의 커다란 눈이 돋보였기 때문이다. 그녀는 얼핏 보았을 때 왜소증이 드러나지 않도록 옷 입는 요령을 알고 있었다. 사랑을 나눌 때도 우리의 몸집은 크게 차이 나지 않았다. 몸통은 보통 사람과 비슷하고 팔다리만 유난히 짧았기 때문이다. 우리는 그녀의 어린 딸을 재운 뒤 텔레비전이 있는 방에서 사랑을 나눴다. 둘 다 일을 했고 그녀는 딸까지 키우고 있었으므로 우리는 대체로 정해진 일정을 따랐다. 우리가 사랑을 나눌 때 텔레비전에서는 늘 똑같은 프로그램이 나왔다. 토요일 밤에 방영되는 한심한 프로그램이었다. 하지만 나는 그 가짜 세계에서 나오는 대화와 웃음이 없이는 그녀와 사랑을 나누는 게 두려웠다. 그녀를 너무 많이 알고 싶지 않았고, 서로의 시선으로 정적을 메우고 싶지도 않았다.

대개는 그 전에 멕시칸 식당에서 저녁을 먹으며 일주일 동안 있었던 일을 서로에게 들려주었다. 흙벽과 벨벳 캔버스에 그린 그림들로 장식한 고급 식당이었지만, 사실 이런 장식은 가정집에 있었다면 싸구려 같았을 것이다. 나는 베벌리 요양 병원에서 내가 하는 일을 모조리 들려주었다. 나는 새로운 방식으로 살고 있다, 일에 적응하려 노력하고 있다, 이제 도둑질도 하지 않는다, 맡은 일을 끝까지 책임지려 노력한다, 뭐 그런 얘기였다. 그녀는 항공사 매표 창구에서 일했다. 아마도 상자 위에 올라서서 업무를 봤을 것이다. 그녀는 이해심이 많았다. 나는 그녀에게 내 모습을 있는 그대로 드러내는 게 전혀 불편하지 않았지만 한 가지만큼은 예외였다.

봄이 무르익으면서 낮이 길어지고 있었다. 나는

타운하우스에 사는 여자를 훔쳐보기 위해 기다리느라 버스를 자주 놓쳤다.

어떻게 그럴 수 있을까? 사람이 어떻게 그토록 수치스러운 일을 서슴지 않는단 말인가? 이렇게 따지는 건 충분히 이해할 수 있다. 나는 이렇게 대답하겠다. 그게 왜? 난 그보다 더한 일도 해 보았다. 그리고 그보다 더한 일도 충분히 할 수 있었다.

그곳에 들러 여자가 샤워하는 동안 훔쳐본 뒤 알몸으로 물기를 닦고 욕실을 나가는 모습을 지켜보다가 남편이 차를 몰고 들어와 현관으로 들어가는 소리를 듣는 것, 이 모든 과정이 나의 일과가 되었다. 그들의 일과는 늘 똑같았다. 주말에는 어땠는지 모른다. 나도 주말에는 일을 하지 않았으니까. 어쨌든 주말에는 버스 시간도 달랐을 것이다.

여자를 볼 때도 있고 못 볼 때도 있었다. 그녀는 절대 창피한 일을 하지 않았으므로 나는 그토록 알고 싶었던 그녀의 비밀을 하나도 캐내지 못했다. 더욱이 그녀는 내 존재를 몰랐으니까. 아마 상상도 하지 못했을 것이다.

대개는 내가 떠나기 전에 남편이 돌아왔지만 그는 내 시야에는 잡히지 않았다. 어느 날 나는 평소보다 늦게 도착해 뒤로 돌아가지 않고 바로 집 앞쪽으로 갔다. 이번에는 내가 집을 지나갈 때 남편이 차에서 내렸다.

딱히 볼 만한 부분은 없었다. 그저 여느 남편처럼 저녁을 먹으러 집에 돌아오는 남자일 뿐이었다. 이전까지 그가 궁금했었는데 막상 보고 나니 마음에 들지 않는다는 확신이 들었다. 정수리는 훤히 벗겨졌다. 정장은 헐렁하고 구겨졌으며 우스꽝스러웠다. 턱수염을 길렀지만 입술 위쪽은 면도를 했다.

나는 그가 아내와 어울리지 않는다고 생각했다. 그는 중년이거나 그 이상이었다. 여자는 젊었다. 나도 젊었다. 나는 그녀와 함께 도망치는 상상을 했다. 잔인한 거인, 인어, 유혹의 주술 같은 것들에 대한 갈망이 주위를 에워싼 사막에 드리운 봄의 진한 기운과 향기 안에서 활개 치고 싶어 하는 것 같았다.

나는 남편이 집 안으로 들어가는 모습을 본 뒤 버스 정류장에서 밤이 될 때까지 기다렸다. 버스는 중요하지 않았다. 내가 기다린 것은 어둠이었다. 어둠이 내려앉으면 눈에 띄지 않고 그 집 앞에 서서 거실을 들여다볼 수 있을 테니까.

나는 집 정면에 난 창문으로 그들이 저녁 먹는 모습을 지켜보았다. 여자는 긴 치마를 입었고 정수리에는 베레모와 비슷한 흰 보닛을 썼다. 두 사람은 식사하기 전에 고개를 숙이고 꼬박 3~4분 동안 기도를 했다.

어두운 정장과 큰 구두 차림에 링컨처럼 수염을

기르고 머리까지 반짝거리는 남편은 무척 진지하고 고리타분해 보였다. 여자도 비슷한 옷차림을 한 것을 보고 나는 깨달았다. 그들은 아미시파였다. 아니, 메노파 교도†일 가능성이 더 높았다. 메노파 교도들이 해외에서 선교 활동을 하며 언어도 통하지 않는 낯선 곳에서 외로이 자선 활동을 한다는 건 알고 있었다. 그러나 피닉스의 타운하우스에서 저희끼리 사는 메노파 교도 부부를 보게 될 줄은 몰랐다. 이 교파는 보통 시골 지역에서 생활하니까. 아마도 이 근처에 있는 성경 대학에서 수업을 들으려고 온 것 같았다.

나는 들뜨기 시작했다. 부부가 성교하는 모습을 보고 싶었다. 실제로 그 일이 일어날 때 어떻게 하면 볼 수 있을까 고민해 보았다. 하루 날을 잡아서 어두워진 뒤 늦은 시각에 다시 오면 침실 창문 앞에 서 있어도 이쪽이 보이지 않을 듯했다. 그런 생각을 하자 현기증이 났다. 스스로에게 진저리가 나면서도 환희가 밀려들었다. 이제는 그저 여자가 샤워를 끝내는 모습을 훔쳐보는 것만으로는 성이 차지 않는 듯했다. 나는 그곳을 벗어나

---

† 네덜란드의 종교 개혁자 메노 시몬스가 창시한 재세례파의 한 교파로, 세계 각지에 퍼져 있으며 비교적 최근까지 폐쇄적인 공동체를 이루며 생활했다.

정거장으로 돌아가서 24번 버스를 기다렸다. 하지만 너무 늦었다. 막차는 이미 지나간 뒤였다.

베벌리 요양 병원에서는 매주 목요일에 최고령 환자들을 모아 구내식당 의자에 앉혀 놓고 우유가 담긴 종이컵과 쿠키가 담긴 종이 접시를 앞에 놓아 주었다. 그들은 '기억해'라는 놀이를 했다. 그들의 정신이 누구도 가늠할 수 없는 곳으로 가 버리기 전에 삶의 소소한 것들을 붙잡게 하는 놀이였다. 모두가 각자 그날 아침에 있었던 일과 지난주에 있었던 일, 몇 분 전에 있었던 일을 이야기했다.

가끔은 누군가의 삶이 1년 더 흐른 것을 기리기 위해 컵케이크로 작은 파티를 열기도 했다. 나는 날짜를 다 적어 놓고 모두에게 알려 주었다.

"10일에는 아이작 크리스토퍼슨이 무려 아흔일곱 살이 되었답니다! 많은 분께서 축하해 주셨죠! 다음 달에는 여섯 사람이 생일을 맞이합니다. 그 주인공이 궁금하다면 「베벌리 요양 병원 뉴스」 4월 호를 기대하세요!"

이 병원은 원형 복도를 따라 배치된 병실을 전부 다 돌고 나면 처음에 들른 병실로 돌아오게 되어 있었다. 가끔은 그 복도가 원의 중심을 향해 점점 다가가는 나선형처럼 느껴졌다. 그 중심은 처음 봤던 병실이었다. 그곳은 절단된 다리를 애완동물처럼 이불 속에 품고 있는 남자의 병실이 되기도 했고, "주님? 주님?" 하고 외치는 여자의 병실이 되기도 했다. 피부가 시퍼런 남자의 병실이나 이제 서로의 이름조차 기억하지 못하는 부부의 병실이 되기도 했다.

내가 그곳에서 보내는 시간은 그리 길지 않았다. 기껏해야 일주일에 10시간, 12시간, 그 정도였다. 내겐 다른 할 일이 있었다. 나는 정규직 일자리를 찾고 있었고 헤로인 중독 치료 모임에도 나갔으며, 지역 알코올 중독 수용 센터에도 정기적으로 보고해야 했고, 사막의 봄을 산책하기도 했다. 하지만 그때 베벌리 요양 병원의 원형 복도는 마치 이승의 삶들 사이에 머무는 곳처럼 느껴졌다. 한 생을 살고 난 뒤 돌아와서 다른 영혼들과 뒤섞인 채로 다시 태어나기를 기다리는 곳.

목요일 밤에는 대개 성공회 교회 지하실에서 열리는 알코올 중독 갱생 모임에 나갔다. 접이식 테이블에 둘러앉은 우리는 늪에 빠진 사람처럼, 보이지 않는 무언가를 때리거나 자세를 바꾸거나 꼼지락거리거나 긁적이거나 팔과 목을 문질렀다. "저는 밤이면 나가서 돌아다니곤 했어요." 크리스라는 남자가 말했다. 나와 중독 치료 시설에 함께 있었으니 친구라고도 할 수 있었다. "완전히 혼자였고 완전히 망가진 기분이었죠. 여러분도 그렇게 돌아다닌 적 있으신가요? 창문에 커튼이 드리운 집들을 지나면서 죄가 가득 담긴 수레를 끌고 다니는 느낌이 들고, 저 창문 안, 저 닫힌 커튼 안에 있는 사람들은 평범하고 행복하게 살겠지, 하고 생각한 적이 있나요?" 이건 아무 의미 없는 수사일 뿐이었다. 그는 자기 차례가 되면 이런 얘기를 늘어놓았다.

나는 일어나서 그 지하실 밖으로 나갔고 교회 앞에 서서 싸구려 저타르 담배를 피웠다. 이해할 수 없는 말들 때문에 속이 메슥거렸다. 그러다 모임이 끝나면 우리 동네까지 차를 얻어 타고 돌아왔다.

메노파 부부로 말할 것 같으면, 이제 우리의 일과는 확실하게 정해졌다고 할 수 있었다. 해가 저문 뒤 날이 급격히 서늘해지면서 어둠이 내려앉으면 나는 그 집 앞에서 많은 시간을 보냈다. 그때쯤엔 어느 창문이든 상관없었다. 나는 그저 두 사람이 집에 함께 있는 모습을 보고 싶었다.

여자는 늘 긴 치마를 입고 굽 낮은 단화 또는 운동화와 얇은 흰색 양말을 신었다. 머리카락은 올려서 핀으로 고정하고 정수리에는 하얀 보닛을 썼다. 젖어 있지 않은 머리카락은 금빛에 가까웠다.

나는 두 사람이 거실에 앉아 얘기하는 모습, 거의 아무 말도 하지 않는 모습, 성경을 읽는 모습, 기도하는 모습, 부엌에서 저녁 먹는 모습을 지켜보는 것도 샤워하는 여자의 알몸을 훔쳐보는 것 못지않게 즐기게 되었다.

완전히 어두워질 때까지 기다리고 싶을 때는 침실 창밖에 서 있었다. 거리 쪽에서는 그곳이 보이지 않았다. 나는 몇 번 거기 서서 그들이 잠드는 모습을 지켜보았다. 그러나 부부는 좀처럼 사랑을 나누지 않았다. 내가 목격한 그들은 그저 자리에 눕기만 할 뿐 서로 건드리지도 않았다. 그런 종교 공동체에서는 정해진 날짜를 지켜야 하는 걸수도 있었다. 얼마나 자주 허용되는 걸까? 한 달에 한 번? 1년에 한 번? 혹은 오직 아이를 갖기 위해서만? 혹시 아침에 하는 건 아닐까, 그렇다면 아침에 와야 하나 고민하기 시작했다. 하지만 아침에는 주위가 너무 밝을 거였다. 빨리 두 사람이 성교하는 모습을 봐야 한다는 생각에 초조해졌다. 그들은 창문을 열어 놓고 커튼은 조금만 연 채로 잠을 잤다. 오래지 않아 날이 더 더워지면 중앙 냉방 장치를 켜고 창문을 닫아 버릴 게 분명했다.

한 달인가 그즈음이 지난 어느 밤 그녀가 외치는

소리가 들렸다. 그들은 방금 전에 거실을 떠났다. 옷
벗을 시간도 없었을 것이다. 조금 전 두 사람은 무언가를
잠깐 읽다가 치워 놓고 조용히 얘기를 나눴는데,
남자는 소파에 누워 있고 여자는 안락의자에 꼿꼿이
앉아 있었다. 그때만 해도 남자는 사랑을 나눌 기미를
내보이지 않았다. 흥분한 기색 없이, 그저 조금 초조한
듯 손으로 괜히 탁자 가장자리를 만지고 탁자를 흔들며
얘기를 나눴을 뿐이다.

    이제 두 사람은 대화를 하지 않았다. 여자가 노래를
부르는 것 같기도 했다. 그녀 혼자 있을 때 내가 수없이
들었던 것처럼. 나는 황급히 거실 창문에서 침실 쪽으로
돌아갔다.

    침실 창문과 커튼은 모두 닫혀 있었다. 말소리는
들리지 않았지만 분명히 침대 스프링 소리가 들렸다.
그리고 그녀의 사랑스러운 외침도. 이윽고 남자도 소리를
질렀다. 마치 연단에 선 설교자 같았다. 나는 어둠 속에
숨은 채 뱃속에서부터 손끝까지 저릿해지는 것을 느꼈다.
커튼 끝자락이 5센티미터쯤 열려 있었고, 내가 누릴
수 있는 건 그뿐이었다. 그게 내가 이 세상에서 소유한
전부인 것 같았다. 침대 한 귀퉁이와 거실에서 들어오는
가느다란 한 줄기 빛 속에서 움직이는 그림자들. 그게
전부였다. 어쩐지 억울했다. 그리 덥지 않은 밤이라 다른

사람들은 죄다 창문을 열어 놓았고, 다양한 목소리와 음악 소리, 텔레비전 소리, 지나가는 차 소리, 쉭쉭거리는 스프링클러 소리가 들렸다. 그러나 이 메노파 부부는 거의 아무 소리도 내 주지 않았다. 배신당한 기분, 소외된 기분이 들었다. 돌로 유리창을 깨고 싶었다.

그러나 그들의 외침은 이미 끝났다. 나는 창문의 반대편 끝으로 가 보았다. 커튼이 더 확실하게 쳐져 있어서 시야는 더 좁았지만 각도가 더 좋았다. 이쪽에서는 거실에서 들어오는 빛이 움직이는 형체 위로 드리워져 있었다. 그들은 침대로 가지도 않은 채였다. 그저 꼿꼿이 서 있었다. 열정적으로 뒤엉켜 있지도 않았다. 그보다는 싸우는 것 같았다. 침실 불이 켜졌다. 누군가의 손이 커튼을 젖혔다. 순간 나는 그녀의 얼굴을 정면으로 마주했다.

도망갈까 생각했지만 너무 놀라서 토할 것 같았고 움직이는 방법마저 잊었다. 하지만 상관없었다. 내 얼굴과 그녀의 얼굴은 겨우 60센티미터쯤 떨어져 있었지만, 밖이 컴컴해서 그녀에게는 내가 아니라 자신의 반영만 보였을 테니까. 침실에는 그녀 혼자였다. 여전히 옷을 다 입고 있었다. 가슴이 두근거렸다. 주차된 차를 우연히 지나가다가 앞자리에 놓인 기타나 스웨이드 재킷을 발견하고 '하지만 저건 누구라도 훔칠 수 있잖아.'

라고 생각할 때와 똑같은 기분이었다.

나는 그녀의 어두운 이면에 서 있었고 썩 잘 보이진 않았지만 그녀가 화가 났다는 인상을 받았다. 흐느끼는 소리도 들리는 것 같았다. 눈물이 손에 닿을 듯했다. 그렇게나 가까웠다. 어둠에 가려진 나는 움직이지만 않으면 들키지 않을 거라 꽤 자신하며 꼼짝없이 서 있었고, 그사이 그녀는 멍하니 머리로 손을 올려 작은 보닛을 벗었다. 아랫입술을 깨물며 앞을 바라보는 그녀의 뺨 위로 눈물이 흘러내렸다. 그 어두운 얼굴을 한참 보고 있으니 그녀가 슬퍼하고 있다는 확신이 들었다.

1, 2분쯤 지나자 남편이 돌아왔다. 그는 방 안으로 몇 걸음 들어오더니 부상을 입은 채 걸으려 애쓰는 권투 선수나 축구 선수처럼 잠시 멈췄다. 둘은 싸웠고 그는 미안했다. 뱉지 못한 말이 입안에 맴도는 듯한 모습, 손에는 사죄를 쥔 채 서 있는 모습을 보니 그런 게 틀림없었다. 그러나 그의 아내는 돌아보지 않았다.

그는 그녀의 앞에 앉아 발을 닦아 주는 것으로 싸움을 끝냈다.

다시 방을 나간 그는 잠시 후 설거지할 때 쓰는 노란 플라스틱 수반 따위를 들고는 그 안에 물이 가득 담긴 듯 조심조심 들어왔다. 어깨에는 작은 수건이 얹혀 있었다. 그는 수반을 바닥에 놓고 한쪽 무릎을 꿇더니 프러포즈하려는 사람처럼 고개를 숙였다. 여자는 한동안, 아마도 꼬박 1분쯤 움직이지 않았다. 끝내 살아 보지 못할 수백 가지 삶의 소리를 내는 텔레비전과 정원의 스프링클러들, 파란의 소리를 내며 건드릴 수도 붙잡을 수도 없이 쌩쌩 지나다니는 차들. 그 안에서 지독한 외로움과 앞으로 살아 내야 할 긴 삶에 대한 공포를 안은 채 어둠 속에 서 있던 내게 그 1분은 너무도 길었다. 이윽고 여자는 남편 쪽으로 돌아서서 테니스화를 벗은 뒤 발을 번갈아 반대편 발목으로 올려 작은 흰색 양말을 벗었다. 그러고는 오른발 끝을 먼저 물에 넣었다가 온전히 담갔다. 그녀의 발이 노란 수반 속으로 사라졌다. 남자는 여자를 한 번도 올려다보지 않은 채 어깨에 얹은 수건을 내려 발을 닦기 시작했다.

그 무렵 나는 지중해 미녀와 헤어지고 다른 여자를 만나고 있었다. 이 여자는 보통 사람들과 몸집이 비슷했지만 우연히도 장애인이었다.

그녀는 어릴 때 뇌염, 즉 수면병을 앓았다. 그 병은 뇌졸중처럼 그녀의 몸을 반으로 나누었다. 그녀의 왼팔은 거의 쓸모가 없었다. 혼자 걸을 수는 있었지만 한 걸음 옮길 때마다 뒤에 있는 왼쪽 다리를 둥그렇게 끌어왔다. 흥분하면, 특히 사랑을 나눌 때 그랬는데, 마비된 팔이 처음에는 떨리다가 위로 떠올라 신기하게도 경례하는 자세가 되었다. 그녀는 입 옆쪽, 마비되지 않은 쪽으로 뱃사람처럼 욕을 퍼붓곤 했다.

나는 일주일에 한두 번 그녀의 원룸 아파트에서 아침까지 머물렀다. 거의 항상 내가 먼저 일어났다. 그럴 때면 베벌리 요양 병원 사보를 썼다. 밖에는 사막의 청명한 날씨가 펼쳐졌고 사람들이 아파트 단지의 조그만 수영장에서 물을 튀기며 놀았다. 나는 펜과 종이를 들고 그녀의 식탁에 앉아 메모를 하곤 했다. "특별 공지! 4월 25일 토요일 저녁 6시 30분에 톨슨의 남부 침례교회 신도들이 베벌리 요양 병원의 가족을 위해 성경 가장행렬을 합니다. 충만한 시간이 될 테니 놓치지 마세요!"

그녀는 한동안 침대에 누운 채 저편의 세계를 붙잡고 더 자려고 애썼다. 하지만 곧 일어나서 이불로 몸을 반쯤 감싸고는 제멋대로 돌아가는 다리를 끌며 투박한 걸음으로 욕실로 향했다. 아침에 일어나서 몇 분 동안은 마비 상태가 좀 더 심해졌다. 그 불완전한 모습은 정말 에로틱했다.

그녀가 일어나면 우리는 커피를 마셨다. 저지방 우유를 넣은 인스턴트커피를 마시는 동안 그녀는 내게 예전 남자 친구 얘기를 죄다 들려주었다. 그녀는 내가

아는 누구보다도 남자를 많이 만났다. 대개는 명이
짧았다.

나는 그녀의 부엌에서 함께 보내는 그 아침들이
좋았다. 그녀도 그걸 좋아했다. 대개는 둘 다 알몸이었다.
얘기를 할 때 그녀의 눈에는 특유의 빛이 서렸다. 그러고
나면 우리는 사랑을 나눴다.

부엌에서 두 걸음만 가면 소파베드였다. 우리는
그 두 걸음을 걸어가 그 위에 누웠다. 망령들과 햇살이
주위를 떠다녔다. 기억들, 사랑하는 사람들, 모두가
지켜보고 있었다. 그녀의 남자 친구 중 한 명은 열차에
치여 죽었다. 선로 위에서 차 시동이 꺼졌고, 그는
기차가 닿기 전에 다시 시동을 걸어 빠져나올 수 있을 줄
알았지만 아니었다. 또 다른 남자 친구는 나무 의사 혹은
그 비슷한 일을 하는 사람이었는데, 애리조나주 북부의
산지에서 수백 그루의 상록수 사이로 추락해 머리가
으스러졌다. 두 명은 해병대에서 죽었다. 그중 한 명은
베트남에서, 더 나이 어린 한 명은 기초 훈련을 받은 직후
알 수 없는 자동차 사고로 죽었다. 두 명은 흑인이었는데,
한 명은 약물 과다로 죽고 한 명은 감옥에서 나무를
깎아 만든 흉기에 찔려 죽었다. 대부분은 그녀를 떠나
혼자 외로운 길을 간 뒤 한참 지나서 죽었다. 우리와
비슷하지만 운이 좀 더 나쁜 사람들이었다. 햇살이

비치는 그 작은 방에서 그녀와 함께 누워 있을 때면
그들을 향한 달콤한 연민이 밀려들었다. 그들이 두 번
다시 삶을 살 수 없다는 사실이 슬펐고, 그 슬픔에 완전히
취하는 기분이 들었다. 아무리 슬퍼해도 성이 차지
않았다.

내가 베벌리 요양 병원에서 근무하는 동안 정규직
직원들은 교대를 했고 그중 많은 사람이 시계가 있는
주방을 들락날락했다. 나는 자주 그곳에 가서 예쁜
간호사들과 시시덕거렸다. 나는 맨정신으로 사는 법을
배워 가고 있었지만 혼란스러울 때도 많았다. 특히
내가 복용하는 안타부스[†]가 아주 독특한 영향을 미쳤기
때문이다. 가끔은 머릿속에서 중얼거리는 목소리가
들렸고 세상의 가장자리가 타들어 가는 듯 느껴질 때도
많았다. 하지만 날마다 조금씩 몸이 나아지면서 예전
모습을 되찾아 갔고 정신이 맑아졌으며 전반적으로
행복한 시간을 보냈다.

 이곳에 있는 별난 사람들과 그 속에서 매일 조금씩
나아지는 나. 나는 우리 같은 사람들을 위한 곳이 있는 줄

[†] 알코올 중독 치료제 상표명.

몰랐다. 단 한 순간도 상상해 보지 않았다.

베벌리 요양 병원

When I'm rushing

on my run

And I feel

just like

JESUS' SON

— Lou Reed, "Heroin"

목차

히치하이킹 도중에 일어난 사고 21
두 남자 35
보석 57
던던 67
일 77
응급실 93
더럽혀진 결혼 117
다른 한 남자 133
해피 아워 145
시애틀 종합 병원에서 본 굳건한 손 157
베벌리 요양 병원 165

예수의 아들

✝

데니스 존슨 지음

✝

박아람 옮김

7IOI PRSS

예수의 아들
데니스 존슨 지음
박아람 옮김

초판 1쇄 2025년 9월 30일

발행. 기이프레스
편집. 이서영
디자인. 스튜디오유연한
제작. 세걸음

ISBN 979-11-994156-1-4 03840
16,800원

기이프레스
등록. 2023년 10월 12일 (제2023-000110호)
주소. 서울시 영등포구 문래북로 108 904호
메일. giyipress@giyipress.com
인스타그램. @giyipress